JN057274

歌集 あきつしま

千葉恒義

添え書き㈠

「石激る垂水の上のさわらびの萌え出づる春になりにけるかも」（『万葉集』）は志貴皇子の歌。村野四郎さんは「ほらほら、あの水がはねている岩の上の蕨の芽もだいぶ萌え出しているでしょう。皆の衆、もう春ですなあ」（『目で見る日本名歌の旅』山本健吉編）と書かれた。少し暖かくなると梅の木枝の珠が含み花が一つ二つと綻び初めているのに気づく。「たのしみは朝おきいでて昨日まで無かりし花の咲ける見る時」（『独楽吟』）は橘曙覧の歌。鶯の声がかよう。「うらうらに照れる春日にひばりが上がり心悲しも一人し思へば」（『万葉集』）は大伴家持の歌。その心情を想う。「昔誰かかるさくらの花をうゑてよしのをはるの山となしけむ」（『秋篠月清集』）は藤原良経の歌。榊莫山さんは「サクラ花咲クサクラノ山ニサクラ植エタノ誰デスカ」と書かれた。広大で奥深い山山を彩り満ちる桜花の木樹には一本一本手ずから植え育てた人人の思いと労苦がこもっている。

ふと感じる思い浮かんだことを詩歌にして書き記しているうち数十年経ち、内容や表現、質はともかく数量はたまった。せっかく書いたのだし反古にするのももったいなく、生きた積み重なりでもあろうし愛着執着もあるので本にしたいと思い、歌の方を先にまとまったかたちにしようと思った。灯る影像が映ろいゆく様を想い組んでみた。同様の歌や似通った歌、書き直したい歌や書き加えたい歌などもあろうが一応一冊にした。内なるものを表に出す恥ずかしさの情は大切だと思う。

世の中には、様々な境遇の人生を深い思いを抱え歩んでいる方がたくさんおられる。そうした方方が日常を懸命に生きる中で、例えば詩歌が潤い、和み、救い、励み、支えになっていると言われるのを読んだり聴いたりすることがよくある。人人との出会い、自然や文学、芸術に触れること、ささやかな趣味、好きなこと一つ一つが日日のあかりとなり、心のよすがとなり、人生のみちしるべとなることを実感する。

今、拙書をお手に取って見てくださっている方、ありがとうございます。

歌集　あきつしま

1 ひかり透く碧(あを)き沢鳴るたきつ瀬に魚たち躍る春の山里

2 天空(あまそら)ゆ花かと見ゆる暁のひかりにやまぬ春のあわ雪

3 明け初めてみ花そそきしまほら野にあは雪光る蕗のたう起(た)つ

4 春山に神呼び覚ます杣人(そまひと)の朗朗唱(うた)ふ声のわたれり

5 浅萌(あさも)えの春日の山の霞よりほのやはらかし鹿の鳴く声

6 青き天(そら)さへづり弾く枝光る梅のみ珠よ含(ふふ)み咲(ゑ)み初む

7 初梅に口元ほどくその人に古歌(いにしへうた)のはにかみ見ゆる

8 山谷ゆ沢鳴る里へ梅の花雲(くも)わたる鶯声かよふなり

9 透く音かな春の夢路を訪(おとな)ひてひかりにかよふ鶯の声

10 光冱(さ)ゆ心に弓を新た子の花の波なか今し歩み来

11 花咲(ゑ)みに爺婆(ぢいば)親子ら連れ参る直(なほ)に和(なご)はし仏生会(ぶつしやうゑ)かな

12 踏み登り絶ゆべき生命(いのち)ながらへて醍醐の桜見るはうれしき

13 三井の鐘夕空燃ゆる山風に花雪そそく鳰(にほ)の湖(みづうみ)

14 吉野山天(あま)より落つる春風に峰をめぐらす花の滝波

15 九(ここ)の仏すみたまふなり山寺の円処(まどか)に春のひかり満ちけり

16 白霜の蚕夜な夜な書籠(ふみごも)る母よ春陽(はるひ)に睡りて生きよ

17 春陽(はるひ)透くはるけき山も青澄みて畝に老爺(ろうや)の鍬しかと打つ

18 大嶽に雪馬光る鏡なす田に苗人のしかと植ゑ初む

19 光る田の水輪(みなわ)に植うる御婆(おば)の背に天翔鳥(あまかけどり)の声の落ちくる

20 天海(あまみ)満つ白雨(はくう)はげしきふる神の銀(しろ)き涙涙垂るる巨樹(おほじゅ)よ

21 白雨(はくう)はしる巨緑(おほみどり)なる屋久島や霧透く峰の滝に虹たつ

22 夕雨(ゆふさめ)や白き靄(もや)湧く神山ゆ雲間へわたす七彩(なないろ)の橋

23 天(あま)つ夕陽照り映ゆ鏡千畳(かがみせんでふ)の水田(みづた)のうみに燈る家島

24 ふる里の宵に生まれし沢螢月より降りし魂(たま)の息かも

25　ほのひかり苔敷く杜(もり)に跡ひきて黄泉路(よみち)へかよふ螢火(ほたるび)流る

26　まほらなる稲田の闇に二両の灯(ひ)われの失(う)せにし螢籠(ほたるかご)ゆく

27　沖縄よ長崎広島大阪よ千羽鶴房観音地蔵

28　亡き人をおもふこころの今宵まで守り継ぎ来し大文字(だいもんじ)燃ゆ

29　夕闇に一石一仏灯(ひ)ともりてみ手あはす子ら瞳うつくし

30　車笛浴ぶる聾(ろう)の境ゆく御老骨荷車(にぐるま)引きてゆるりとまゐる

31　白杖の方(かた)は陽(ひ)に沿ひオペラ座の主役のごとくわが家に着きぬ

32　看護婦の驚きよそに点滴の荷台を連れて祖母ひた歩む

33　退院の笑顔の列に馳せ来たるかの看護婦よ頬に手をあつ

34　ふる里の宵に寝つきぬ息ごとに喉笛(のどぶえ)吹ける天寿の祖母は

35　我を見て床這ひ出でて祖母はまた秘せる巾着探りはじめぬ

36　温かき祖母の丸背の火傷痕(やけあと)をつつむこの手は真綿ならねど

37 対岸にわれに気づかぬ母のあり乳垂(ちた)らひし人よ駅の陽(ひ)にすむ

38 労果てて湯舟に着きし妻の身よ月降るみづを浴(あ)みて鷺たつ

39 み魂(たま)おもふ涙のはての一雫(ひとしづく) 秋海棠の一輪咲けり

40 おぼろより澄みゆく月や清かなり和上の御影今照らさなむ

41 光透く朝霧わたるふる杜(もり)に鹿の目覚むややはらかに鳴く

42 焼け雲の空にとどまる二上(ふたかみ)のくらき山影あかき瀬に見ゆ

43 隠(こも)り尼(あま)の父へ贈りし吾亦紅(われもかう)ふる野に今し咲ける愛しも

44 午睡児(ひるねこ)のひかりに覚むや陽(ひ)の庭に熟れし桃実の数多(あまた)転がる

45 紅黄葉(もみちは)にきはまるみやま堂澄みて隠(こも)るみほとけひそやかにゐむ

46 大峰は今し紅黄葉(もみち)ぬ夕照りてわたる紅黄葉(もみち)に燃ゆるなりけり

47 まほらまの里野歩みて芭蕉翁の詠みし仏は石仏と知る

48 まほらまの土に伏しけむ陽(ひ)に会ひて面(おも)ありなしの仏たちかな

49　訪(おとな)ひし娘の手よりおほき蜜柑うましと食ひて祖母は逝きけり

50　また来よと祖母はぽつりと言ひ置きて見送る顔はさみしげなりけり

51　家に着きて大(おほ)き安けき息ひとつこの世に吐きて祖母みまかりぬ

52　訪(と)ひゆくを待ちてくれしと母は言ふ明くる夕(ゆふべ)に往きにし祖母を

53　ふるさとの冬闇に立ち風哭(な)ける灯(とも)しに眠る祖母の身もとへ

54　彗(すい)の墨(ぼく)賜はり冬の星の下(もと)清らに凍る天向く祖母は

55　魂(たま)逝くや祖母の身なでぬ石貝の瞼(まぶた)の毛さへかたく冷たし

56　冬星の下に灯れる通夜の間の静けさ祖母の御霊(みたま)あらむや

57　星冱(さ)ゆる通夜の空より今し吾婆(あば)の眼(まなこ)は吾子(あこ)ら眺むらむかも

58　この爪の曲がれる切るに心せし柩の祖母の指(おゆび)うつくし

59　棺に結(ゆ)ふはわがあかぎれの手をさすり湯わかしくれし祖母のみ手なり

60　温(ぬく)き身の祖母を負ひけり温(あたた)かきみ骨となりぬこの掌(て)のうちに

61　風猛山(ふうもうざん)天(あま)かき曇り時雨降る今し葬(はふ)りし祖母の塚うつ

62　「待ったか」と湯気よりひよいと出(い)で来(き)たる祖母の温(ぬく)き身やはにつつめり

63　湯気ふきて「極楽なりし」と足れる祖母温もりやはにこの手にうけぬ

64　湯浴みせし祖母の温身(ぬくみ)をぬぐひつつこれが一期(いちご)と手に思ひせし

65　入浴に極楽寝(い)ぬる極楽とよき按配と祖母は生きけり

66　南都(なんと)民(たみ)に尽くし往きにし高僧も亡き祖母の如かゆみ病みにき

67　路(みち)に住まふ媼(おうな)今宵も本願の祖師に向かひてひたに坐れる

68　太鼓打つ鬼狂ひ舞ふ音のみて雪花散らす冬の大濤(おほなみ)

69　雪夜明く氷柱のしづく滴りて光まぶしき白綿の里

70　八十(やそぢ)母は清めし床に花活ける老(おい)のこころの枯るる華やぎ

71　天皇皇后初の光におはします民らと共に和笑み給ふ

72　天皇皇后み手振りいます民ら悲喜苦楽こもごも思(おぼ)し遣(や)りけり

73　天皇皇后生きとし生けるものたちの憂ひ深さそ知ろし召しける

74　天皇皇后透る光におはします民らのみ幸願ひ給へり

75　天皇皇后み心情（こころ）かよふ民たちと相笑（あひゑ）みいます和みましけり

76　天皇皇后清（さや）にまします民ら直（なほ）に和みましゆく初春の陽に

77　天皇御親家初の光におはします和うるはしく民たちいます

78　初水やひたに墨する母の背に今朝あらたまの光さすなり

79　温（あつ）き頬のああこの子らに触れ添はむ天（あま）のひかりに舞へる綿雪

80　み手あげて駆けわたりにし子らもみなひとりのこころ飼ひてあるらむ

81　かけむ言頭（ことかうべ）めぐりて冷めし茶をぐいと飲みほし教場へ発（た）つ

82　妻を看取り子の待つ街へ去る恩師名残の庭のねぎ持て訪（と）ひぬ

83　凍（い）て雲か天（あま）の巌（いはほ）にかかりたる氷れる滝や月光の降る

84　吾ら孫の幸を願ひて亡き祖母の踏みのぼりゐし石切の坂

85　祖母は孫の節毎(よごと)にひとり身を起こしまゐりてくれしこの石のみち

86　雪氷り滴(しただ)る梅の枝(え)に生(お)ふる花のあかごのこもる産珠(うぶたま)

87　祖母逝きし大寒月の冬夜よりむなしき床に春の陽(ひ)のさす

88　花雪の舞ひ降りそそく花籠(はなかご)にこもれる祖母よ生きてありける

89　城趾に桜雪(はなゆき)降れる花籠の奥にひそめる古文舎(ふるもんや)かな

90　花雪のひかりに舞へる学び門(と)は城跡守(も)らふみ子ら歩めり

91　児童七人声の響きて山羊も鳴く里の学舎(まなびや)三月(やよひ)に閉づも

92　大戦をくぐりて活(い)きし山学校村舎となりて桜雪(はなゆき)流る

93　月天へ棚うるはしき遠近(をちこち)の匂田(にほひた)の水ひかり満ちくる

94　青き峰谷の瀬光り澄む里に嫁入りの帯橋わたりゆく

95　初妹子(うひもこ)は春野の牛にゆれるごと苗を抱(いだ)きてこの家(や)に着きぬ

96　白光(しろひか)る医師の刃よ良寛の歌となへつつ痛みを過ごす

97 上高地より終(つひ)の家(や)に戻り来て目覚めし今朝は鳥の声聴く

98 猛暑うだるむくむく吾子(あこ)を産み産みて母犬よろとふるひ立つなり

99 産み産みて息絶え間なき垂乳根の母犬の眼よ初児(うひこ)ら目守(まも)る

100 伯母の手の梅酒届きぬ伯母の身の案じられけり老いの労なり

101 下ッ道濠(ほり)の水環(みなわ)に千代(ちよ)の亀稗田(ひえだ)の路地に風鈴わたる

102 祖母の壺里帰りさせ陽(ひ)にあてて無事にわが家の常座(つねざ)に据ゑぬ

103 案じたる目のたしかさよ我を見る彼岸中日祖母の夢みる

104 おのづから守りくれると手をあはせ祖母の遺影をしかと見て発(た)つ

105 天(あま)つ光滴る銀河宙(そら)仰ぐ古人(いにしへびと)の沈黙おもほゆ

106 夕照るや古塔やすけき道直(す)ぐに畑(はた)つくろへる人背(ひとせ)うつくし

107 雲分きて九輪の上に優楽(ゆうらく)の天つ乙女に月光(つきひかり)ふる

108 燈し火にとほきみ仏(ほとけ)あらはるるおほてら照らす清(さや)かなる月

109 月天心杖にひとつの歩みせり老背(おいせ)二人の影法師漕(こ)ぐ

110 故郷(ふるさと)の馳走(ちそう)遊子にふるまへる御婆(おんば)の笑顔八雲(ハーン)も愛(め)でむ

111 陽(ひ)の映ゆる海原はるか船人ら巌(いは)の祠(ほこら)へみ手合はせゆく

112 葬り着の人ら歩めり月冱えて夜の園児ら声あふれけり

113 労果てし夜の保育の園灯る声しづかなり天に月冱ゆ

114 虫音澄む祖母に魂(たま)なる天つ人へ萩の花餅ひそと供へぬ

115 慈愛満つ美智子さまより気楽なり同じ代(よ)生きる母忙しくも

116 古(いにしへ)ゆゐまふみほとけゆたけきにほほにおよびに夕陽ほの照る

117 夢にみしおもひほほゑむみほとけのこもりておはすとはのしづけさ

118 みほとけのものおもはするほほゑみのしづけきみやに朝顔の咲く

119 みほとけは秋のひかりにほほゑみてもとにしづけき亀のいこへり

120 みほとけに向かひわかれむみほとけのゑみますもとに母おもふなり

121　秋の彩(いろ)にあはれはまさむ尼にはのみほとけのゐみなほにゆかしき

122　秋のあはれふかまりゆかむ紅黄葉(もみちは)にまほらの里の石仏(いしほとけ)たち

123　月照らすくくり藁束(わらたば)並び立ついのちの仕舞(しまひ)うるはしきかな

124　山寺の鐘や霧透く朝光(あさかげ)にこたへてゆるる月草の露

125　仕舞ひ湯に母の音して浮かび照る蜜柑身に添へ優雅と響く

126　除夜の鐘遠(とほ)に聴きつつぬぐひ据ゑし珠(たま)の書等(ふみら)に初光(はつひかり)さす

127　天皇皇后新た光におはしします民たちいます心情(こころ)澄ましつ

128　天皇皇后迎へましします民たちとみ笑みみ手振る初の光に

129　天皇皇后春日にいます民たちと会ひ相ひ和み共にまします

130　天皇皇后初春立ちて直(なほ)なほに民たちみ幸願ひ給へり

131　天皇御親家添ひます吾ら民たちよ和(なご)うるはしく生き活きまさむ

132　しづけきに母の籠(こも)り屋(や)あくるより初(うひ)のひかりに墨の香のたつ

133 老ゆるとも渋桜(さびさくら)とはなり難し枯木に花の咲くはなほなほ

134 群を急(せ)く耳に触れるは亡き祖母の袋の鈴音(すずね)祖母の満ちくる

135 燈りたる御堂ゆかしき籠り行太古かよへる澄み冱ゆる月

136 ひとつ一つの御魂(みたま)へ月の空馳せて遣(おく)り見せたし修二会(しゅにゑ)の炎

137 岩走る鳴る沢滝の水清み落つる椿のあはれも浄土

138 蕗のたう泡雪光る庭隅に頭出(かうべい)だせり信頼おもふ

139 さへづりや春のみてらにひかり澄む水面(みなも)の波に映ゆるみほとけ

140 みほとけのほほゑみひそむ寺の庭梅に経詠むうぐひすの声

141 梅の香にさへづりうたふうぐひすの声響かする琴の光れり

142 雪とけて光透く野に土筆(つくし)摘む母にとどけよ梅にほふ風

143 手押し車にゆるゆる歩む御婆(おば)いとし柳絮(りゆうじよ)のかなた祖母はいませぬ

144 床居なる祖母を夕食(ゆふげ)とうかがへば生きていますとしかと応(こた)へぬ

145 明け陽さす古杜(いにしへもり)に音冱えて翁嫗(おうおう)たちのひたに草刈る

146 竜田山風吹くなへに澄む月のひかりにふれる花の川波

147 月照らす苗代鏡青垣へ古(いにしへ)よりの神へ径(みち)あり

148 山峰ゆ夕やみの径(みち)ひとり下(くだ)る上りたまふ尼の会釈ゆかしき

149 この蒼き天(そら)海原をわが世とて潜(かづ)きて上がる潮垂(しほた)るる海女

150 静か夜や匂ふ青蚊帳(かや)つくろひぬはよう入れと亡き祖母の声

151 祖母の盆灯して澄みし虫の夜祖母の後(うしろ)を歩く夢みる

152 雲分けて月澄み冱ゆるおほてらの燈しにとほきみほとけおはす

153 亡き魂(たま)のゆくへいづこと歩むみちの円空仏みな笑みたまふ

154 雪降り積む奥山里に円空の仏ほとけよ笑みに会ひけり

155 温(ぬく)き生命(いのち)寄せ居(を)り灯る学舎(まなびや)よ子らの背窓に綿雪のふる

156 風花は今こそ舞へよあはれにもまつ毛にかかる君の白雪

あきつしま

157 黙せるや青菜もろとも風に吹かれ御婆（おんば）は今朝も凍て道に坐す

158 労果てて一夜かぎりの映画観きと若きを語る母に安らふ

159 祖母の壺清め包みてねもころに供へも終えぬ明けの鐘待つ

160 初光（はつひかり）眼に毛筆の賀状映ゆ二十年目の春の幸受く

161 老伯母はゆきつもどりつ荷作りすその靴下の穴の愛（いと）ほし

162 鉦（かね）止みて燈る堂上（だうへ）へすみやかにしづかに着きぬ御松明（おたいまつ）かな

163 炎籠（ほむらかご）古闇（いにしへやみ）の宙に映ゆ堂上（だうへ）に到り炎滝（ひたき）となりぬ

164 太古闇み堂に炎籠（ひかご）揺れまはり美杉の奥に炎（ひ）の粉散り舞ふ

165 雪氷（ゆきこほり）に冱ゆる梅花よ鶯の鳴きてこぼるる露光りけり

166 雪梅の雫にひかり澄む里のしづけさに鳴くうぐひすの声

167 能（あた）ふかぎり畑のものに足音を聴かせてやれと老農の言ふ

168 杉群の峠辿れば苔むせる六つ地蔵に透く光さす

169 古(いにしへ) ゆくらき山路(やまみち)巡り会へるひかり浴びたる苔地蔵かな

170 澄み透(とほ)る光の谷に羅漢群(らかんむれ)われに問ひくるしづけさのあり

171 雷の後神のみやまに虹仰ぐ見知らぬ方と親しくなりぬ

172 緑なす棚田の峡はほの暮れて沢鳴る床に螢火の舞ふ

173 霧まとふ陵(みささぎ)ひそむ碧池(あをいけ)に蓮覚めひらくふかきしづけさ

174 ありし祖母の匂ひ懐かし巾着に古きちり紙ひそみてありし

175 塵紙に包みて吾にしのばせし祖母の温(ぬく)めし駄賃なるかな

176 あらたふと猛き御山(みやま)に村祭り爺爺婆婆(じじばば)活(い)きる即仏の舞

177 秋桜やみ仏一身(ひとみ)ひとみづつ盲(めしひ)の人のみ手にふれらる

178 写真観て旅するこころ語りあふ何処(いづこ)も行かぬ夫婦なりけり

179 魚市場声音(こわね)はげしきざわめきに笑みて愛書を手渡す漁師

180 退院を祝ふ看護婦笑む先に紅(あか)きみ頬に自(おの)づ手をあつ

181 看護婦の共に涙す両の頬に香を含む風さやに来たれり

182 秋風に尾花波伏す波の間に遠き塔見ゆ夕暮れの里

183 天近き峰のみ社照らふらむ太古ゆ出（い）づる神さぶる月

184 秋深き山滝谷（やまたきたに）ゆ戻り来し母よ暮れ庭濃き紅葉（もみち）降る

185 吉野川冬の鏡となりにけり紙漉く家にひかりうつくし

186 山滝ゆ清瀬流るる隠（こも）り里に紙漉く灯（とも）しぽつぽつと見ゆ

187 寒冱えて松に雲ゆき内蔵助の見けむ鏡の月清（さや）に照る

188 二月堂内のみほとけ会ひ拝み今年も生の節目となしぬ

189 まほらまは今朝あらたまの淑気かな地蔵の面（おも）に初光（はつひかり）照る

190 祈る手も衣の結（ゆ）ひもうるはしき三輪の神山真向かひにたつ

191 鞆（とも）の浦（うら）に初の光の満ちゆけり国生（あ）れし如浮島の映ゆ

192 温めあひて鹿隠（こも）るやと仰ぎ見る春日の山にはだれ雪ふる

193　雪梅は今朝の光に咲(ゑ)み初めて落つる雫も香やふふむらむ

194　うぐひすのなつける里の梅の花恋尽くすらむ清き瀬にすむ

195　滝の如 雛雛(ひいなひいな)よ華やげり民守り来し廓の階に

196　啓蟄や夜半の嵐に庵より気配うかがふ小虫の瞳(め)かな

197　太古よりもりふる雨のかそけきに鹿折れ伏せり桜樹の下(もと)に

198　花つつむ古城天守の址に立つ古塔はるけし花雲に浮く

199　み吉野は遠近(をちこち)峰に霞染む彩(いろ)たちのぼる山桜かな

200　早苗田のいのち薫れりふる神の水鏡抱く大和青垣

201　螢の火迎へ送り火舟燈籠夏の夜闇(よやみ)に魂(たま)かよふ灯(ひ)よ

202　ほのひかりをがら火揺らし宵の人あらはれかよふ杜(もり)のふるみち

203　子は国の宝と言ひて散らせし日子は宝なりその父母の

204　緑(あを)き山青き海原蒼き空戦に逝きし人の文聴く

205　幼き日足に触れられ笑み転(まろ)びし我は今しも母を拭へり

206　嫁する朝遺影の中(うち)にゐし祖母の確たる眼(まなこ)忘れじとなむ

207　人の死に慣るるやあると問ふ人に否(いな)と応(こた)ふる医師の眼のあり

208　臨終を告ぐる言の葉自づとは未だながれぬ医師なりにける

209　埠頭寄す船の夫を出迎ふる妻笑み咲きて黙し頷く

210　夕陽(ゆふやう)の埠頭に落ちて荷を提げし夫婦の影は等しく歩む

211　結(ゆ)ひの民挙(こぞ)りて屋根の萱葺(かやふ)きし今朝にほひたつ隠(こも)りくの郷(さと)

212　重荷下ろし物を包みし古新聞詠みて頷く御婆と居る駅舎(えき)

213　ふるさとへ向かふ二両は山くぐり乗換駅に訛ゆき交ふ

214　古ゆ苦難の勇士迎へけむ盧遮那仏(るしやなほとけ)の大いらか照る

215　山寺へ小暗きみちの木もれ陽にわれの知りたる小仏の見ゆ

216　おほてらをめぐる人群外(はづ)れきて池面(いけも)に澄みし仲秋の月

217　黄金色(こんじき)の光に虹のわたる野に身の息白し鹿の透き見ゆ

218　籬(まがき) 古る苔むす庭の石水に錦葉一舟秋きはまれり

219　夕海に松島の影重なりて光る波ひく船灯(あか)り見ゆ

220　点字打つ音ぽつぽつとふかみゆく冬の夜灯(よるひ)に母の手指よ

221　卒寿越ゆる清女は今朝も真直(ます)ぐ立つ俎(まないた)に添ふ薄桃の指

222　湯の里や煙る雪道辿り来て畸形の猿のわれに会ひたり

223　ありし祖母の足のすれゆく音に覚む襖開ければ夜の花散る

224　除夜の鐘満天の星わが足と共に労せし自転車拭ふ

225　今宵まで二十年余(ふたじふねんよ)労役に耐へし自転車柔(やは)に衣着す

226　山陵(みささぎ)のみ池に棲(す)まふ鴛鴦(をしどり)の声の通へる孤(ひと)り寝(ね) 枕(まくら)

227　しかと抱かむ影こそ見えね羽含(はぐく)みし珠(たま)の愛子(まなこ)は心(うち)にすむらむ

228　初瀬川鳴る音(ね)もさやにあらたまの光かがよふ里へ流るる

229 初暁やみ天へ紅き花芽起つこもれる生命透く光浴む

230 春暁や祖母に供へてみ手合はす光へ発たむ孫の命よ

231 しづか村明かり障子や翁嫗の影絵の如く豆撒けるなり

232 田神ふる里の家みち風切りて燕矢の如珠の子おもふ

233 いま一度春を告げゐるかたくりの紅紫よ大和野に添ふ

234 雛うつくし郭よ女子らこの間よりいかにおもひて外を眺めけむ

235 若草の山肌光るまほらまの起こされし土に春鳥遊ぶ

236 ふる森に園児の声のはなやげり去りてしづけさ蝶ひとつ舞ふ

237 母と子と心相思ふ紫雲英畑花輪伝へて笑まふ春里

238 光映ゆ水田の湖や家持の見けむ砺波野今し輝く

239 田の裾にぴたりと早苗植ゑしまふ老ふり返る青波の寄す

240 走り雨や白き靄湧く神のやま夢みる如く虹わたるなり

241　はるけしや那智の高嶺のさ緑に光るは白き滝なびき見ゆ

242　風紋の波うつくしきはかなさよ消えゆき流れまた模様なす

243　夜海原弔ひ灯舟(ひふね)漂へりすべての御魂(みたま)光り出で来(こ)よ

244　静雨に秋海棠よ玉の露光りそめゆき夕陽ほの照る

245　秋海棠紫の花ひらきたるうちに小さき黄花愛しも

246　鳥鳴ける薬師寺の里夕そめて労農の背はほの照りまさる

247　鳥渡る夕空燃ゆる芒原風に波寄る古りし塔見ゆ

248　夜もすがら物思(ものも)ひせしか暁の月の露野に鹿鳴きわたる

249　月光(つき)に降りし庭敷きわたる紅黄葉(もみちは)の小霜に今朝の光さやけき

250　夕日映ゆあすかの里の守柿(もりがき)に秋のかたみの色深まりぬ

251　冬空へ今しもしのに鳴き響(とよ)む妻に後れし老鹿の声

252　夕風の落葉のみちの奥処(おくか)には妻あらなくに鹿の鳴くらし

253 枯森をさまよひかねて鳴かゆらむ妻に逢はなく恋鹿の声

254 野のほとけ庵のほとけ岸ほとけまほらの里にかほなきほとけ

255 行基仏あまた寄り居る岸映えて冬の鏡となれる佐保の瀬

256 干し物もごみ箱石も覆る猫懸命に夜を生きしあと

257 輪の内に子ら生き活きと育ちゆく里の学舎(まなびや)永くあれかし

258 老若の通ひ学びて喜べる夜の教室燈り続けよ

259 二十余年世話になりける自転車を今放つなり星の降る野に

260 恥かしき日々を漕ぎける自転車と今宵別離(わか)るる振返り見る

261 生死に真向かふときも列成(れつな)してうるはしく待つ民ら命よ

262 真白きに奥山脈(おくやまなみ)の凍て聳ゆ女工息つき見けむ故郷

263 春日山み音さやけき澄みし瀬よ初光浴む観音地蔵

264 天(あま)光る小鈴もゆらに響くなへ御霊(みたま)へ民へ初祈(うひの)りの声

265 初祈(うひの)りの声や鈴音(すずね)も舞ふなへに初雪降れり天(あま)のひかりに

266 うぐひすの声の透(とほ)りて光澄む小庭の小梅笑み初めしかも

267 梅の花青天光り鳥鳴きて良寛詩集しづかにひらく

268 降る花を花の切符と詩に書きし杉山さんは春に罷(まか)りぬ

269 猿と生きる人をたづねて見えられし小沢昭一さん若かりき

270 子安寺ひたに拝める女人あり産むことなかりし我も手合はす

271 よきことのあらむ日とおもひ夜のふけて歌浮かびくるまことなりけり

272 青垣ゆ春風かよひ布なびき御堂(みだう)の奥に仏ほの見ゆ

273 天皇様ひたとみ早苗見給ひてみ足腰するゑ植ゑ撫で給ふ

274 美智子さまお蚕愛しみ育てます古(いにしへ)よりの春光透く

275 棚田村ひとつひとつの水光る春のみ空を映しわたれり

276 水光る棚田は緑(あを)し空蒼し九輪輝く太子の里に

277 青天へ登り来たりぬ若草の山上（やまへ）の風に万葉歌詠む

278 雅（みやび）やかに楽（がく）の音（ね）流れゆるやかに子ら舞ひ初むるふる神祭

279 多き御霊楯（みたまたて）となりけむ杜（もり）のみちあやめ咲き添ふ家持の歌碑

280 佐保の瀬に映り耀（かがよ）ふ天つ星われら二人（にたり）も銀河そひゆく

281 唐国（からくに）は妻を迎へむ天の川大和男しいざ漕ぎ出（い）でむ

282 異国（ことくに）ゆ辿り着きけり青田継ぐはるけき塔よまほらまのみち

283 蛇苺小暗き径（みち）に実の赤し観音寺まで祖母と歩みし

284 花火ひらく今宵うつくし闇の床に母眼つむりて花の輪描く

285 闇の母響（とよ）める音を聴くなへに花火の模様眼（まな）うらに描く

286 初物と選りて供へし無花果（いちじく）にほおばる祖母の口おもふなり

287 雨晴れて虫の音かよふ庭光る月の一露海棠にすむ

288 御堂開く月明らけき澄む水の黄金色（こんじき）ゆくや仏おはせむ

289 銀(しろ)く照る天つ月澄む庭湖(にはうみ)の波映え光るみほとけの頬

290 月照らすいらかに隠(こも)るみほとけよ水耀(かかや)くや御顔顕(あらは)る

291 九仏堂天つ月影いよ照りて水に輝くみほとけたちよ

292 みほとけたち光り映えたる水の上(へ)に月光(つき)に立ちゆく本仏たち

293 雲分けて月光(つき)にみ仏輝きぬ声わき起こりしばし静もる

294 月冴(さ)えて堂上(だうへ)も池も澄み光る浄(きよ)きみほとけ浮かみておはす

295 山の上(へ)のみ寺は今し浄土なり水面(みなも)堂上(だうへ)のみほとけ目映(まば)ゆし

296 暁の野辺光りゆく玉露の散るや妻夫(めをと)の鹿目覚めけり

297 山の背に朝日照りゆく光る玉の白露ゆらす鹿覚むる声

298 朝露にきららに光る萩の野にゆたに起き出(い)づ鹿の初声

299 妻問ひて月夜に鳴けるさをしかの涙も萩の露と光れる

300 さをしかの黙せし果ての露涙光る萩野に声のわたれり

301 妻恋ひて朝発(た)つ鹿の胸分けにきらめく露の散動(さわ)く萩原

302 暁に伏す恋ひ鹿や光りゆく露白珠(つゆしらたま)のわたる萩原

303 奥谷に鹿まよひ鳴く紅黄葉(もみちは)の深き心ゆ恋ひわたるらむ

304 二上山(ふたかみやま)夕陽かかやき命照る皇女(みこ)ながめけむ心情(こころ)しおもほゆ

305 軽の道今日喪(も)に来れば人麿の涙しおもほゆ雨しのに降る

306 たつた今いたちはふいにふり返りわれを見つめてさつと去り消ゆ

307 うつくしき光明后の手にありし玉の青杯今し顕(あらは)る

308 船笛や難波の街に嘆き抱きて往(ゆ)きける民ら心情(こころ)しおもほゆ

309 愛し子に逢はむと馳せば能登川のはやき瀬波に鳥鳴き発(た)ちぬ

310 下京や打ち木の響きあとひきて幼(をさな)も老(おい)も私語なく歩む

311 言の葉の輝きうれし高齢の方に賜(たま)はる賀状先(ま)ず見る

312 万葉集殊に好める歌聞けばその人柄のふつとおもほゆ

313　明け初めて海波光り鷗湧く今朝の上げ魚群（うをむれ）輝けり

314　悲の人の笑顔安けし梅の花後（ゆり）も会ひたき思ひあふるる

315　初咲（ゑ）みの梅の色香に鶯の古（いにしへ）よりの声のこぼるる

316　燈り堂炎の籠や走るなへ身を打つ響（とよ）み夜空へ月へ

317　さみしさに耐へけむ人の笛吹きてさらにさみしやわれもさみしき

318　蒼（あを）き天（そら）桜花咲（ゑ）む老の春少し背伸びをして生きゆかむ

319　明日往なむ孫と語れる老の母しづけき声の闇に交はる

320　大河（おほかは）の帯きらめくや芭蕉翁のみ魂（たま）乗せける舟想ふなり

321　菜の花も芦（あし）もそよげり春風に蕪村往きけむこのみち歩む

322　入園児菜の花ゆれにゆれ歩む万葉人の佐保川のみち

323　石地蔵に母の命をひた願ふ夕日野畑に雉子（きじ）しきり鳴く

324　新産着（にひうぶぎ）青澄む天へ翻り小さき鯉の幟（のぼり）立ち舞ふ

325 幼な命湧きあふれけり蒼晴の木曜の森園児ら活（い）きる

326 手を引きて陽に連れ出せしあの人はわれに思ひ出くれむとしけり

327 馳せ迎へ喜びくれし他家の犬老い成りにけり遠く見つめる

328 幼女（をさなめ）の男子（をのこ）にかけるやさしみに内にこもれる母の性知る

329 女と成り親となりてもくたびれしぬいぐるみ抱きし心忘るな

330 雨戸開けし光に家守（やもり）落ちにける闇に潜みし命走れる

331 奈良人は奥に京人打水し大阪商人道で客呼ぶ

332 極楽の余風通へる堀内（ほりなか）の路地にそよげる彩鈴（いろすず）の音

333 夕雨（ゆさめ）往（ゆ）きて潤ふ里に露光るほとけに宿るかたつむりかな

334 巡り会ひて今別れ来しその笑顔添ふ夕露に蓮の花映ゆ

335 再びは逢へぬ笑顔と別れにし虫の夕音（ゆふね）に蓮の花咲（ゑ）む

336 祖母は我をすべての孫の名で呼べり忘るることの仙人に似る

337 汗ふきて傘寿の母は戻り来ぬ今日は生徒は二人と言ひぬ

338 蒸せかへる実習室に声も音も響きわたれりわが生徒たち

339 この子らは甦りけり仕舞ひ置きし拵(こしら)へかけの作に挑めば

340 無口な子作を静かに取り据ゑて深き息吐きやがて触れ初む

341 閉ざされし離れ教場(きようば)は活きかへり透(とほ)る光に新期始まる

342 子らの名をやうやくすべて覚えけり秋風吹くも心躍れる

343 天の河雲を衣と織姫(おりひめ)をおもひし人のこころ親しき

344 古(いにしへ)の霊魂(たま)目覚むるか飼犬(かひいぬ)は月の鏡へ猛き声上ぐ

345 みほとけのとはにほほゑむほほにそふ指(および)ゆかしきほのひかりはゆ

346 しづやかにもの思(も)ひ笑(ゑ)ますみほとけのみくらにふれる紅黄葉(もみち)満ち燃ゆ

347 みほとけのしづにほほゑむそのほほにわが身照り越す夕陽ほの映ゆ

348 暁に靄湧きわたりみ仏の潜む大和は乳湖(ちちうみ)となる

349 生涯を怠らずして家計簿を付け来し母よ命文字見る

350 孫の声に呼び戻されしこの世なる母はおちおち死ねぬと言ふなり

351 稲架(はざ)作る遠近(をちこち)秋の景渋(さび)し御腰(みこし)屈める夫婦愛しき

352 青垣山古民家の柿艶(つや)めきて今日つつがなく帰りけるかな

353 よき歌と思ひ味はひ詠み返す作者の名をもゆかしくおもほゆ

354 小春陽や冱ゆる光へ蒲団干す祖母みまかりぬ真青(まさを)き空そ

355 雪屋根に雪塊下ろしける民ら老民(おいたみ)の白き家家巡る

356 雪下ろしの労せし民ら一息の茶を飲み語る温かきかな

357 祈(の)りの声温き命の懐にやはに抱かるる初着の赤児

358 初光(はつひかり)古味(ふるみ)の宿は気に満ちて仲居婦人の凜(りん)と働く

359 馬の如横たふ陸(くが)に初光透きわたりゆく幸を願へり

360 縁開けて春陽まねけり部屋の闇に這ひ居し祖母の姿しおもほゆ

361 祖母の眼の我を案じつ見つめゐる祖母の生き居る安らぎに覚む

362 あくがれし祖母のみ魂(たま)は何処(いづこ)へとわからぬなれば此処(ここ)にありとおもふ

363 紅冬至(こうとうじ)含(ふふ)み咲き初むぽつぽつとほのにほひけり風花の降る（紅冬至は梅の名）

364 梅の香に仰ぐ盲友眼(まな)うらに白紅の花今や咲(ゑ)むらむ

365 含(ふふ)む珠生(たまお)ふる小梅よ雪隠(こも)る雫光りにいよよ咲(ゑ)みなむ

366 雪隠(こも)る枝に含(ふふ)める梅の珠(たま)雫に宿る月光(つき)に咲(ゑ)みなむ

367 含(ふふ)む芽やほつほつひらく花も添ふ梅咲き初むる枝こそよけれ

368 ほのにほひふと咲き初めし梅の枝(え)や園に逢ひ別(わ)く人好ましき

369 わが門に光る玉章(たまづさ)運び来し二輪の人は天雁(あまかり)の如去(い)ぬ

370 灯り屋に練行の僧一人(ひとり)入りて雪気に冱ゆる遠鹿(とほしか)の声

371 唱へ声しづまる闇の灯火(ともしび)に青衣の女人立てるおもほゆ

372 祖母の壺親の身体万葉集歳時記原稿抱えて発(た)たむ

373 背を見つめ後(おく)れし程(ほど)は小走りにひたに歩める遍路ゆかしき

374 男背(をのせ)慕ひ女人後(おく)れて歩みけり旅ゆく男女様(さま)うつくしき

375 異国(ことくに)に生(あ)れし力士が綱取りて大和言の葉淀みなく言ふ

376 よろこびは調はぬ歌句繰り起こし独り居に心澄みゆける刻(とき)

377 八十母(やそぢはは)の同窓生よ受話器より晴ちゃんおるかと春の声する

378 雪形の光り目映(まば)ゆき嶽(たけ)の村甦る如農夫鍬打つ

379 雪翁の岳に光れる里の面(おも)に今朝活きかへる民のせはしき

380 黄のゆれて和(なご)に親しき司馬さんの心根おもふ佐保の菜の花

381 無常のこと考え書きしそのメモを忘れて来(き)ぬと司馬さん笑みき

382 月星も見えぬ逢瀬(あふせ)夜(よ)牽牛(けんぎう)は風雨押しのけ櫂手(かいて)強しも

383 切に願ふ子ら先生と仕上げたる七夕飾り雨に愛(いと)しき

384 大(おほ)き龍の躍る白滝落ち激(たぎ)つ上(のぼ)る水霧(みぎり)に虹立ち渡る

385 燈(ひ)ともして一つひとつや命づく万のみほとけ明かりて愛(かな)し

386 子らは皆合はす指(おゆび)のうつくしき命とほとけ一つ燈(とも)しに

387 あふれけるかの微笑(ほほゑ)みと別れ来て虫音(むしね)澄みけり海棠の咲く

388 九輪冱(さ)ゆ天つ乙女の奏でける聴こえぬ楽の音(ね)に月光(つき)の降る

389 むろの木に月波映ゆる鞆の浦旅人(たびと)夫妻の幸の日おもほゆ

390 古ゆ孤悲(こひ)鳴く声や高円の峰より響(とよ)むさをしかの声

391 夕日滴る土塀の赤き柿の実に大和遠近(をちこち)秋深むらし

392 冬空の青うつくしきそのときに身罷りし祖母に会はぬなりけり

393 再びよ今し会ひけり思ひ人の額の髪に風花着きぬ

394 冬陽到る造り酒屋の奥の床に茶梅(さざんか)一輪主(ぬし)の如活(い)く

395 霧透きて山迫りけり故郷の駅に手清め喪に行かむかな

396 天降(あまくだ)る神を祭りて和やかに民楽しめり神喜べり

397 朝明けの光に歌の湧き起こるこの刻（とき）のため生きて来にけり

398 梅が身は冠雪（かんむりゆき）に花芽映ゆ清澄（さやす）む春の風雅徴（みやびしる）せり

399 紅冬至桃色彩（あや）ににほひたつ赤児含める珠（たま）も愛（うつく）し（紅冬至は梅の名）

400 梅林にうもれて白し古今集はにかむ如く一輪咲（ゑ）まふ（古今集は梅の名）

401 寒の空鳥声高し梅林の花なき枝の滝うるはしき

402 ほの香るぽつぽつ梅の咲（ゑ）み初めて道語る如花の枝（え）ひらく

403 白き房重なり咲（ゑ）まふ旭鶴真青（まさを）き天（そら）へ恋ひ発（た）つ如し（旭鶴は梅の名）

404 ぽつぽつと白紅小（ち）さき思ひのままにほへる梅の姿ともしき

405 汽笛響（とよ）むこの難波より発（た）ちにけむ万葉人の心しおもほゆ

406 淡島に針も雛（ひひな）もいたはりて安けき祈る供養のみ船

407 炎　籠（ほむらかごや）八つは堂上（だうへ）にしづ並びみ幸よ降れと火の粉舞ひ散る

408 二月堂古りし灯し間気の満ちて猛く響（とよ）もす籠り行かな

409　蒼天へ悲しみ抱き顔上げて花の天蓋（てんがい）坂道登る

410　青き天へ桜よ鳥の集ひ来ぬ美しく鳴く音色聴きたり

411　環濠に品よく並ぶ亀たちよ光る水輪につれつれ沈む

412　祖母は丸き地蔵の如く身を据ゑて縁の日の輪に古歌唱へけり

413　やはらかき棚田の畝やほの暮れて螢ましゆく魂（たま）寄るが如

414　花火の輪余韻しづみて向き直る神の美山に弦の月かな

415　お地蔵にひた手を合はす老いも孫も遠近（をちこち）燈すこの夕（ゆふべ）かも

416　爺爺（じじ）婆婆（ばば）も親も子たちも孫たちもお地蔵世話し生き老いゆけり

417　雫　玉（しづくたま）かそけき音よ海棠の赤紫の根に月光（つき）の澄む

418　黄泉路（よみぢ）には草花恋のあはれやあるとたづね往きける式部の丞よ

419　油紙に古帳見ざりし祖父の手や蘆溝暁（ろこうあかつき）の月見しとあり

420　天岩（あまいは）へ御堂へひたに登りけり俳翁の代（よ）の月光ぞふる

421 俳翁の踏みける岩岳に立つ古堂の天月光の照る

422 この径を蘆花も踏みけむ会ふ鹿も百年前の子孫なるらむ

423 夜隠りに何処や眼ひそみけむ蜻蛉浮き発つ嵐明くる空

424 法の塔わかち聳ゆる真中なる畝に土負ふ手に夕日映ゆ

425 かなしかりうれしかりしや一日暮れ我に気づかぬ妻の背ありし

426 大峰は紅黄葉ふかく渋びにけり秋をわたれるさをしかの声

427 楽し気にハモニカ吹くと聴くらむかさみしき果てのすさびの音を

428 さみしさにそひかなしみのいやますとしれどしるこそなほ笛をふく

429 凍る夜の叔父の浄身に坐する叔母「眠れるごとよ」と我を覗きぬ

430 共に生きし叔父の遺影に添へる叔母ラヂオを聴きつ朝に微睡む

431 つやつやと眠れる吾子や息聴きてゆくするゑとほくかなしみあるか

432 青澄める果てなき冬の天へ干す祖母は逝きにし我会はなくに

433 様様に性(さが)のあるらし顔ふかし三人(みたり)の媼(おうな)小春日に会ふ

434 雪の夜の旅籠(はたご)にもれる老の声幾世(いくよ)の民の霊魂(たま)をしぞおもふ

435 雪もよひ地蔵仏に帽子編み赤き前布直しに往(ゆ)かな

436 鳥の音符発(た)ちて輪となる木の葉落ちぬ枯れの一枝(ひとえ)に手袋ひとつ

437 湯気ふきて「極楽なりし」と足れる吾婆(あば)を迎へ包める身の温(ぬく)きかな

438 初光る青垣峰に泉涌く菩提仙川(ぼだいせんがは)照れる石仏

439 天皇皇后み手振る民ら初光る相会(あひあ)ふ笑まひ和みまします

440 天皇皇后ひかりにおはす民たちの悲喜憂楽よ知ろし召しけり

441 陛下御夫婦今し見そなふ民たちの生きる労(いたつ)き案じ給へり

442 天皇皇后民慈しみ願ひ給ふみ幸あれよと初春の日に

443 天皇御親家澄みし光にいまします民らみ心情(こころ)かよひまします

444 酒請ひて手づから命祝ひける去(い)にし初春祖母は生き居し

445 あいたたと吊られし祖母をいますこしやさしく背負ひ歩めしものを

446 天(あま)つ星か有明月にかかやきつ降る花と見ゆ春のあわ雪

447 仕舞屋(しもたや)は奥より光る棚出(い)だし恵方巻売る今朝春は来ぬ

448 一矢疾(と)き飛びて瞬き帰り来る燕切なり閑かなる駅

449 余寒晴れ衾(ふすま)にくるまれる祖母をしのびてまもる春の夢見る

450 風邪ひいたらあかんとひたに繕へる路住み御婆(おんば)よ春の陽に坐す

451 ほの寂しき町の家奥の灯影(ほかげ)よりわれを見つめし雛を忘れず

452 笑みひそむ男雛女雛の白き面月夜の窓の梅語らむか

453 雪馬の光る大嶽しづやかに麓の里は民ら活き初む

454 母は今朝も二十年(ふたじふねん)前かの地にて急(せ)き働きし夢に目覚むる

455 この道はいつか来たみち歌流る心を緊(し)めて母校へ入りぬ

456 初学徒(うひがくと)趣味は何かと問ひくれし我が歩み来しみちはいかにと

457 我の如く不器用頑固と思ひつつ器械使はぬ人にうれしき

458 雪解水たぎつ清瀬に玉ばしる岩にゆれ咲く山吹の花

459 会ひしとき笑みて語りし後の文友の奥処のかなしみを知る

460 世を染めて散るちるさくら果てまでも生きよ生きよと声透るなり

461 桜花満ちて散り舞ふ会ふことのかなしさ知るも会はむとおもふ

462 通夜明けむ杯受くる寡婦「この人も酒好みき」と笑みてすすれり

463 盲の人に添ひて車中へ乗り移るこの刻のため我は生き来し

464 心情あふれ顔に繰り舞ふ手の会話流るる空の深さおもほゆ

465 大和衣装彩色風に翻り伽藍天空楽唱わたる

466 若き春絶ちて仕舞ひし古琴を母清めをり縁の光に

467 二月堂へ瓦築地石みちの連なる一間紫雲英ゆるるよ

468 情かよひし人は職場を退きにけりくすむ毛ぐるみひとつ残して

469 語らひし人去りにける室(しつ)の灯(ひ)に此処(ここ)にいますと毛ぐるみ一匹

470 五月には五月うつくし緑湧く雨に潤ふ草木光れり

471 生命(いのち)湧く谷の棚田に張る水の鏡し光る遠つ峰映ゆ

472 柔陽(やはひ)さす白壁のみち影見えて紫花に遍路衣の過ぐ

473 初妻の眼よ煉獄(れんごく)に舞ふ姿篝火(かがりび)映ゆる夜能見守る

474 若草山春日も野辺も緑あふれ吾児(あこ)囲ひ和す鹿ら人らも

475 青田原民(たみ)しづやかににぎはひて炎髪(ほむらがみ)立つ虫送りかな

476 入学せし折は隠(こも)れる本の性やがて明らむ子らに向き合ふ

477 徒の頬に耳を寄すれば奥処(おくか)よりかそけき声の今し触れ来る

478 ふがいなく我たちまどひ見し子らの瞳の泉ひかりあふるる

479 我は今青き生徒にささへらるありがたきやらなさけなきやら

480 我をすてて一心に斧ふりおろせばおもはぬこだま返りくるあり

481　天社（あまやしろ）へ石段一気に上りける老いて強いるもまたよしと言ふ

482　特攻の若人（わかうど）遺せし言の葉は父母へ慈愛の心根に満つ

483　わたつみへ投げし命よ文言葉（ふみことば）海より深く父母おもひける

484　椎の葉に盛りける皇子は悲しかも柿の葉鮨を食らふわが身よ

485　のどけしやさみしさわたり木舎あり大原の水顔洗ふなり

486　静止せしバスより降りて顔晴るる今朝の光に車椅子鳴る

487　孫の来て添ひまはされて寝もやらず帰りて後の畳空しき

488　祖母の背中これが一会（いちゑ）とつつみけり今しみ墓をひたにぬぐへる

489　地の踊りゆれゆれまどひ型（かた）成して一環（ひとわ）となりぬ夜半（よは）の月かな

490　み熊野の奥より空へゆくりなく黄金（こんじき）色の海はろばろと満つ

491　大和魂猛き明治の君が歌直に悩める昭和君の歌

492　祖母は今し卒寿越えけりしづやかにひとり奥座に福耳立てる

493 卒寿越えし息つく祖母は奥の間に寝入ると見るも福耳立てり

494 ほどもなく九十九髪(つくもがみ)にもなりぬべし起き居し祖母の息うれしけれ

495 床居なる祖母は我が顔認むよりしきりに何か食へと言ふなり

496 残り雨の光に白しふる神の代垣(しろがき)わたる夢の虹橋

497 橘のみ寺ほのかに夕づきて下(もと)の小庭に螢草満つ

498 見はるかす神の笠山扇なす広き田原に農士藁結ふ

499 炎(ほむら)籠(かご)太古の闇に馳せ通ひ神呼ぶ声こえ廻(めぐ)る山里

500 かんな屑巻きて長しよ煙(けむ)の如到れる技は易く見ゆるも

501 月の照る沼の枯野に旅路なる降り伏す鴫の情(こころ)深き声

502 水沼(みぬま)より切に名残りの声落とし空翔け渡る鳥の群橋

503 薄桃の指(おゆび)うつくし今暁も厨に立てり白寿の女将

504 白煙(しろけむり)の向かうにいます老猿の我より深き顔と共湯す

505　一合枡すくひ一年（ひととせ）白米の足らぬなかりし幸を思へり

506　雪の花流らふ大和み吉野は白綿ならん春立てる今朝

507　透き陽さすさへづりかよふ春の縁音（ね）をこそたてね琴の光れり

508　梅満つる山瀬の里の憩堂（いこひだう）幾代（いくよ）の民の懸賞写真

509　故郷は華やぎ匂ふ桜花うつくしなあと祖母は言ひけり

510　字引には追憶に生きる人とあり老爺（ろうや）光りに新た詩を書く

511　桜花満ちにほひたつ吉野山ふぶく嵐に大雪となる

512　桜花峰谷里に満ちにほふ春嵐見ゆ大雪の波

513　ありがとうございましたと卒学徒上履（うはば）きのまま門へ戻りき

514　先生に教わりましたとほてる子らの笑顔印して校舎見て去る

515　朝刊に見つけし歌に笑み咲きて妻は門発（た）つ春光（はるひかり）透く

516　陽の温き春の書屋（ふみや）に睡る母蚕の如く命肥やせよ

517 卒寿今越ゆれど気骨たゆまぬや格格（かくかく）描く庭の牡丹花

518 病室の白きに祖母の眼（まなこ）あり隣は二つ年上と言ふ

519 ひととおり皆の名を挙げ「あんた誰」違（たが）ふも自由と祖母は言ふなり

520 床居なる祖母は指折り名を挙げて「あんた誰や」としかと我見る

521 この径（みち）よ蜂に刺されしこの耳を伯母吸ひくれて吐きしおもほゆ

522 休日の午前九時なり隣人の筍採りて馳せ持て来たる

523 大桃のひとつ一つがくるまれる香り届きぬ伯母のみ手より

524 伯母も母もこしあんが好き八十路（やそぢ）坂を共に歩める電話の声よ

525 蟬盛る八十路（やそぢ）の母は日傘さし手習（てならひ）伝へに園へ参りぬ

526 連風鈴（つれふうりん）下つの路地に極楽の風の通へり鳴りわたるなり

527 高取の山径（やまみち）辿る迷ひ来て遠き駅舎のほのかに燈る

528 心配は要らぬと告げし医師の顔憂ひ含みてやはりたまらぬ

529 遠花火はるけき空ゆ音響(とよ)み線香花火庭に揺らしつ

530 盆の月繰り繰り踊る浴衣女の伏し目がちなる静夜なりけり

531 ほの暮れて月浮かみ出づ萩ゆれてほとけにかよふ虫の音の澄む

532 黄金色(こんじき)陽(ひ)往きにし人の面影に萩ゆれる丘鹿の鳴くなり

533 古(いにしへ)の鹿の立つ見ゆ耀(かかや)きの芒野原に面影おもほゆ

534 高円(たかまど)も春日の山も紅黄葉(もみち)あふれひたに歩める稚児(ちご)のみ手足(てあし)

535 深紅黄葉(ふかもみち)八十路(やそぢ)の母は古文書の会へ一里の道歩み初む

536 うるはしく積まれし米の一つ抱きて粒粒辛苦農汗おもふ

537 井伏さんと開高、遠藤、三浦さんに安岡さんも入りて黄泉酒

538 兄君は部屋うるはしき弟君散らかし放題これ自然(じねん)なり

539 一生を何に身心(みこころ)込めゆかむ夢のうちにも歌削る我

540 日向(ひなた)ぼこ九十九(つくも)の祖母が口遊(ずさ)む娘唱歌よ心のけしき

541 我は切に再び会ふを願ひける祖母はみ手振り「さいなら」と言ふ

542 冬夕日まほらの奥処(おくか)虹わたる芒枯野に鹿ら実を食む

543 七曲る冬路をひたに駆けゆける汽車よこの身に意志湧き出づる

544 白杖(しろつゑ)の方と気遣ひ導ける犬すみやかに路上(みちへ)渡りぬ

545 しづやかにふかきお顔の主と犬かたみにおもひ添ひ歩みゆく

546 白杖の主にひた添ひしづ目守(まも)る犬の睫毛に風花光る

547 光りあひて青き天空(そら)よりやはらかき初児(うひこ)の衣に風花着きぬ

548 淑気なり老いも盛りも児(こ)も鹿もみ魂(たま)も初(うひ)の光浴みけり

549 新た陽や今日も独(ひと)りを深くせむたまに世間の人と交らむ

550 よき歌に出会ふ楽しみ今日もまた新聞投歌丹念に読む

551 ねもころに一つひとつよ白紙(しらかみ)に包みて「また」と仕舞ふ雛雛

552 炎籠(ほむらかご)しづに堂上(だうへ)を揺れ過ぎてやはら落ちけり人ら声上ぐ

553 堂上（だうへ）より炎の籠の崩れ落つ火の粉の塵を人ら歓ぶ

554 青き天光（そら）に梅のほの香り今朝鶯の初（うひ）の声聴く

555 しづやかに傘寿となりし今朝の母新聞ひらきゆたかに読みゆく

556 甘茶仏浴み光りけり初清（うひきよ）き心し我ら法話聴き入る

557 船頭のうたふ声節（こゑふし）哀陽と花波和して瀬谷つらぬく

558 妖浮かむ老い長（た）け乱る枝垂桜身籠る如くゆたかに髪揺る

559 ふり乱る雪髪なびく真老樹（まろうじゅ）よ花を含（ふふ）める花嵐かな

560 懇ろにわが生徒らは挨拶す神仏おもほゆ笑みて応（こた）ふる

561 教室で虚（うつ）ろなる子よ土の上に甦りけり晴天の下

562 農夫去りしまほらに匂ふ緑（あを）なみの苗うるはしき枚田光れり

563 人業（ひとわざ）と天工（てんく）の結（ゆ）ひのきはまれり光りの棚田青き空映ゆ

564 天高し星のきらめく宙（そら）の下早苗の緑（あを）し命にほへり

565 四天王寺猿沢の池中宮寺石水光る親子亀憩ふ

566 涼風や響(とよ)みて滾(たぎ)つ白滝の七彩(なないろ)光る輪に仏すむ

567 天つ海ゆ涙涙注ぐ慈雨の珠(たま)光りかかやく緑(あを)き巨森(おほもり)

568 走雨(はしりう)や靄湧きうつる神の山夢みるごとく虹わたるなり

569 青垣ゆ雨露のみ空へ虹かかる見知らぬ人と犬と我見る

570 図書披(ひら)く袖触れ合ひてほの恋ひし人の好みし匂ひ立ちくる

571 天つ銀河したたりふれる里の岡のキトラ古墳に四獣ひそめり

572 秋海棠紅紫(あかむらさき)の咲きにけりこもる黄花よ天光(あまひかり)映ゆ

573 朝霧や田岸に燃ゆる曼珠沙華仏ほの見ゆ撮る人のあり

574 八つ地蔵寄り添ひ住まふうるはしき丸顔のあり京終(けふばて)の庵(いほ)

575 青き天海(そらうみ)原寄す森に野鳥たちの羽ばたきの波さへづりの湧く

576 芒原光る寺塔も社杜(やしろもり)も自然(じねん)神仏おもほゆる里

577 虫の音や人影映ゆる灯(とも)り里に月へ響(とよ)むる砧打つ音

578 文明も科学も貫(ぬ)けて産土(うぶすな)の民の予感に心到さむ

579 花水木の老葉かさかさ散りにけり細枝にゆれる赤き一つ葉

580 弱者といふ言葉好まぬ心の根深く下ろして支へ相(あ)ひ生く

581 黒き族(うから)白き族よ鳥分きてまほら水沼(みぬま)に降りて棲み初(そ)む

582 毛糸帽恥ぢらひ笑みて被せらる孫の手編みの温き生(よ)となる

583 また明日と張りある声と笑顔くれぬほの夕闇に灯(とも)る学徒よ

584 かけ声に仕草の速き身心(みこころ)の血潮満ちける力士燃え立つ

585 月夜冱(さ)えて「おやすみなさい」の声やさし明日はふつとよきことあらむ

586 通学徒垣根を攻めて何すらむ犬の頭をひたに撫でけり

587 灯(とも)り室になづみて居れば生徒らの帰宅に湧きし声響きくる

588 民ら活(い)きし通りはさみし語らひし主の店(たな)も終(つひ)に閉ざしぬ

589 好胤師(こういんし)の張りある声や想ひ聴く薬師寺の庭今朝光満つ

590 さまよひて奥の御社(みやしろ)祝詞(のりと)響き雪の新着(にひき)の赤児に逢ひぬ

591 若草山闇にぽつぽつ灯りゆきみ塔明るし炎しづ燃ゆ

592 奥つ堂に固く祈れる人のありおほきみこころみほとけおはせよ

593 修二会堂音の烈しき灯り間へ男背(をのせ)の後(うしろ)女人達の眼

594 雪嶽や民は藁屋根野の如く新結(にひゆ)ひ初むる春光満つ

595 白杖の人はゆかしき犬連れてうるはしく待つ光浴みけり

596 心解きて人待つ寒夜月澄みて梅の莟(つぼみ)のほのやはらかき

597 別離(わか)るるに御目(おんめ)潤ませ笑まひけり言葉にならぬ言葉もらひぬ

598 指さして歓びの声顔あふるなかに孤(ひと)りの肩で去る人

599 田の果ての三角(みすみ)に小苗植うる人老いる生きるはかくこそとおもふ

600 跳ね躍る音に驚く環濠(かんごう)の主(ぬし)なる鯉や欠伸(あくび)して棲む

601 かなしみの露おもほゆる光る雨の玉転がして傘の子ら湧く

602 新白(あたらしろ)き頁(ページ)開ける音の立つ緑風(あをかぜ)光る今日学び初む

603 投稿歌丁寧に読むゆくりなく新たな歌の想浮かびくる

604 ふがひなき我よまどへる心根に下校生徒の笑顔届きぬ

605 滝川の激(たぎ)つ瀬(せ)湖(うみ)に花(はな)紅葉(もみ)月陽(ちつきひ)星命(せいめい)永(とこし)へに澄む

606 古社(こやしろ)へ向かひ謝すればゆくりなくしづもる心命なりけり

607 ふる杜(もり)にひた手を合はす天地(あめつち)のささやく声の心(うち)へ澄みゆく

608 古琵琶のほのか鳴り初むつと止みて澄みゆく音色今し響けり

609 丸きポスト公衆電話リヤカーも失せぬ世あらなむ手書き文(ふみ)抱く

610 思ひわびし面(おも)おどろきて和みゆくやがて秘めたる笑顔となりぬ

611 光明のさしたる如く晴やかに笑顔となりぬ決意せし今

612 天つ銀河月映ゆる海原(うみ)往(ゆ)かむ船 古人(いにしへびと)の胸迫りくる

613 旅人(たびと)夫妻防人(さきもり)たちの胸おもほゆ月銀河降る難波(なには)海原(うみ)船(ふね)

614 稲架(はざ)蓑(みの)に秋桜ゆれる青澄みし天(あま)の下なる和き三(み)つ山

615 初枕(うひまくら)に虫の鈴音(すずね)よ冱(さ)え白き月の光につと愛女(まなめ)立つ

616 虫音湧きぬ軒の滴に光り初め月うつりゆく海棠の花

617 月冱(さ)ゆる裏古森に光れるは良寛詠みしその栗の毬(いが)

618 紅黄葉(もみち)燃ゆ山懐(やまふところ)の御堂闇に十二神将ひそ円(まど)ひ立つ

619 耳とほくなりゆく母としづに居て言葉かよひぬ紅黄葉(もみち)ふかき庭

620 鹿の音君の踏む音我も歩む紅黄葉(もみち)降り敷く光る古径(ふるみち)

621 柿の実は夕陽滴り鳥渡る越し来し此処(ここ)は故郷ならむ

622 亡き妻を心に旅人(たびと)見往(みゆ)きけむ冬夕陽照る鞆の島浦

623 閉ぢ目壊れくたびれし鞄大切に抱(いだ)きて今朝も勤めに発ちぬ

624 言葉通ひ意(こころ)かよはぬ今もよし鹿の眼光る枯葉降る径(みち)

625 行基仏ほの明かりゆく月影に白き鳥降り鳴ける佐保岸

626 地蔵照る月に白鳥(しらとり)舞ひ降りて浅瀬に鳴ける旅の声かな

627 祖母の骨にしかと供へぬ湯気二つ万葉集歌ゆたに読みゆく

628 鹿の族(うから)寝息ひそめる太古闇に僧の井に汲む水の音冱(さ)ゆ

629 鶯の声澄みとほる青垣に遠近(をちこち)にほふ梅の花雲

630 桃の花影にほひける細流(せせらぎ)のまほらへ清瀬光りあふるる

631 愛し雛古間(ふるま)一間(ひとま)に灯り居てわび華やげり郭(くるわ)の家は

632 雛雛は雅耀(みやびかかや)く滝の如廓階廊魂(くるわかいらうたま)あふれける

633 桜降る波急(せ)き歩み白頭の童となりて伯母に会ひけり

634 白霜母は光に目覚め祖母に供へ新聞好記ゆるり切りゆく

635 灌仏会待つ明日晴れむ公記より一週間前母生まれけり

636 天光る誕生仏の小さきよ甘茶満ちけり法話聴き初む

637 桜垂るる白障子よりしづもるる法話の声よ内人(うちひと)ゆかし

638 筒井筒の井戸はありけり古人(ふるひと)の面影見む如奥処(おくか)覗きぬ

639 筒井筒の井戸二つあり古新(ふるにひ)に生駒峰へと業平(なりひら)の道

640 駅員の挨拶清(すが)し覚めやらぬ心に今しスイッチ入る

641 以(おも)ふ念(おも)ふ思(おも)ひ惟(おも)ひて想(おも)ひ意(おも)ふ憶(おも)ひ懐(おも)ひて謂(おも)ふ顧(おも)ふか

642 ねもころに雑草抜きてこまやかに種まく老(おい)の腰のゆたけさ

643 老いるとは一期一会の日常を丁寧に生くのどやかに生く

644 光浴む靴小さきよ母の身を乗せて歩みししばし休らふ

645 母背負ひこの坂踏める雨も晴れも歩むべき道ありとおもほゆ

646 今朝はまたいかなる情顔(こころかほ)見せむ徒ら歩み来る胸鼓動せる

647 月銀河きららに映ゆる河の瀬を運命(さだめ)ありしと新居へ渡る

648 地蔵仏灯れる一つ輪の内(なか)にみ手み頬照る人ら仏よ

649 初妻は父よ母よと看取りける碑に見(まみ)えけり御魂(みたま)立ち来(こ)せ

650 朝夕に内外掃ける用務員さん白息(しろいき)舞へる鳥のさへづり

651 用務員さん生徒ら先生たちの輪に運転手さん入れて学庭

652 懐かしき縄文人の糧なりけむ良寛詠みし栗ほのにほふ

653 おもほゆる連れ来し人の微笑(ほほゑみ)に添ひてや鹿の妻呼ばふ声

654 生命(いのち)ありて添ひて拝みし愛(いと)し人を憶(おも)ひたまふや観音の眼よ

655 鞆の浦朝夕(あさゆふ)映(は)ゆし旅人(たびと)夫妻の相連れ見けむ情(こころ)しおもほゆ

656 灯し屋に孤(ひと)り生きたる心根にぐわんぐわんと鐘の音かな

657 冱ゆる闇に除夜へ練りゆく鐘の音年果てゆける生命(いのち)満たさな

658 初光(はつひかり)さすや奇蹟の潤(うる)ふ地球生命(いのち)萌さむ産土(うぶすな)の上(へ)に

659 天皇皇后初の光に清笑(さやゑ)みて民ら迎へつみ手振り給ふ

660 天皇皇后直(なほ)に民たち見つめ給ひ民らのみ幸願ひまします

661 天皇皇后和き安けさ願ひ給ふみ心情（こころ）かよふ民ら笑みます

662 初光（はつひかり）私心捨て去り和やかに太子希望（ねが）ひし国結（くにむす）びせむ

663 現世（うつしよ）に未（いま）だあらはれぬこそよ太子想（おも）ひし慈世（じよ）育まむ

664 黄泉におはせむみ魂霊人（たまひと）たち降り来ませ黙し手合はす親族（うから）の前に

665 身罷れる御魂（みたま）御霊（みたま）よ寄り来ませ竹灯籠そ守らふ民に

666 竹灯籠ほの照る民の頬に瞳（め）に今し添ひませ親しき御魂霊（みたま）よ

667 天皇皇后み心情（こころ）いため耐へかねつお思ひあふれおはしましける

668 天皇皇后今朝発ち給ふ苦悲を生きる民らし直に案じ給ひつ

669 現世（うつしよ）に耐へ生き励む民たちよ天皇皇后思（おぼ）し遣（や）りけり

670 天皇皇后み国におはす民吾らとみ心情（こころ）かよひ添ひ生き給ふ

671 若草山しづに燃えゆく今宵まで黄泉（よみ）におはせる魂（たま）に見せたし

672 山焼きの炎立ち舞ふ親族（うから）おもふ魂（たま）なる人よ今見つらむか

673 修二会行清水音冴(さ)え進みゆく今朝は雪舞ひ受験士の発(た)つ

674 さへづりや杜(もり)の大樹に溢れ満つこの世すべての生命(いのち)うれしき

675 さへづりや羽音ふる森つつみけり生ける喜びすべてあふるる

676 梅の花雲百彩(ももいろ)や遠近(をちこち)に語らひ歩む人ら隠見(こもみ)ゆ

677 梅林径(みち)巡り歩みき安息(やすいき)の家庭(やには)に赤き花含(ふふ)む珠(たま)

678 今日の光に新たな旅へ別離(わか)るとも徒らの笑顔よ一生(ひとよ)忘れぬ

679 一期一会とおもふ学徒の面影は若きのままよそは幸ならむ

680 救ひくれし子ら初照(うひて)らむ我深めむ道の光にしかと見送る

681 白雪(ゆき)と見えて城趾に降る桜花しづ散る奥に古文庫(ふるもんこ)あり

682 古(いにし)への幹町ゆかし甦り活き返る知恵問ひかけてくる

683 春の雨竹林籠る御堂奥に脣朱(くちびるあか)き伎芸天立つ

684 松尾山紫衣房にほふ老木にまとふ藤ゆかしけれ

685 ほととぎす恋人慕ふ情(こころ)秘めつ愛(いと)しみ継(つ)ぎぬ古人(ふるひと)我らも

686 耳澄ますほの紫の房奥に蛍おもほゆ風鈴の花

687 青テント干物道具うるはしき住まへる民ら生魂(いくたま)の杜(もり)

688 しづ森に結(ゆ)ひし庵やひそまりて内(うち)息つける命ありけり

689 賑ひけむ本願寺町焦滅跡に爆炎(ばくひ)襲ひし大阪城街

690 終戦日せめて幾日早ければ前途数多(あまた)の生命(いのち)ありしを

691 筆の手を握られ母にしごかれし幼き我は欲なかりけり

692 百枚の習練に耐へゆくりなく賞授かりし一生(ひとよ)に一度

693 小学一年修練せしも今我の板書の文字は見る影もなし

694 庫(くら)の如人無き家庭(やには)陽(ひ)の透(とほ)り青き朝顔主顔(ぬしかほ)に咲く

695 さみしさに真青(まさを)き朝顔咲(ゑ)まひけり手掛けゐし人姿しおもほゆ

696 安らけし鹿のうからよ古ゆまほらの草をまくらにいこふ

697 青天や耳立つ子鹿よ親鹿はまもり安けしふりし芝上(しばへ)に

698 竹光る天(そら)へ徹(とほ)れる生命(いのち)なり心さ緑透きてゆくなり

699 おほてらのあとすさびたる草原の礎水(いしずゑみづ)にわたる天雲

700 雲うつり清(さや)けき光澄む水に月往(ゆ)く雁の声や落ちくる

701 みほとけは何見ますらむ容(い)れし眼よかなしきままをひたおもふらむ

702 夕陽浴みて二兩駆けにしまほらまに残るひかりに古仏(ふるほとけ)照る

703 虹透くやまほらの奥処(おくか)黄金色(こんじき)の芒野原に鹿らしづ立つ

704 紅黄茶(あかきちゃ)の陽(ひ)に彩色(いろ)深き落葉野鹿らしづけしひたに糧(かて)食む

705 鹿ら垂れて夕葉深き野の径(みち)に老背二人(おいせにたり)やしづ歩みゆく

706 冬遍路一人二人と往(ゆ)き交(か)ひぬ善根宿(ぜんこんやど)に湯気光り立つ

707 老鷺の深き見するゐて養魚池に時雨降る世に彫の如立つ

708 枯森は落葉散り敷くさまよへる離(か)れ鹿孤(ひと)り眼に我の映ゆ

709 髪も髭も白霜なりぬこの刻（とき）のために生き来し我何か得む

710 冬深きふけゆく霜の身に降（ふ）りてさやけき歌の想浮かび来る

711 しづけさに覚めて真白（ましろ）しこの世かな歓声の子らはや雪丸（ゆきまろ）げ

712 戯（たわ）けたる番組なりと消しぬれど大笑ひせし祖母おもひけり

713 赤児眠る母は見つめて微睡（まどろ）みぬ赤児目覚めて母を見つむる

714 あかぎれのこの手をさすり盥（たらひ）に湯注ぎし祖母よ福茶供へぬ

715 親族（うから）らは生きて息災今年また謝して仰げる炎籠（ほむらかご）揺る

716 御霊魂（みたま）たち降（ふ）り起（た）ち来ませ太古闇に燃ゆる松明今し届けむ

717 観音も霊魂人（たまひと）たちもおはす闇千代（ちよ）ふる炎籠（ひかご）しづ燃え盛る

718 大濤声青海風や迫りける小（ち）さき画伯の描きし襖絵

719 今朝の光に床（ゆか）澄み椅子ら整ひてやがて入り来む初（うひ）の祝人

720 光透きて親も子も師も心緊（し）む呼ばれし一徒（いっと）「はい」と起立す

721　柔らかき親族（うから）の笑みや包みける赤ら頬子（ほほこ）よ直（なほ）に歩める

722　校長の朗朗詠める清白（きよしろ）く「以下同文」の無き書（ふみ）は手に

723　新たかに礼うるはしき戻りゆく恥ぢらひ包む背中（せな）晴れ光る

724　雪舞へる学びの庭に二組（ふたくみ）の徒ら和（なご）む輪に命耀（かかや）く

725　七彩（なないろ）に海光る風頬触るる瞳（め）の露流る温（ぬく）き命よ

726　枝ゆるる鳥の声音（こわね）の澄み透る白杖の友楽人となる

727　芽の枝に小鳥対話す学舎（まなびや）ゆ道に子供ら詩人となれり

728　傘寿伯母はひよいと出でにし我追ひし土筆採り来て厨に戻りぬ

729　妻夫（めをと）梅に再び会ひぬ先立ちし連れ合ひの魂（たま）添ひ見むおもほゆ

730　お遍路の寄り触れ難き白さかな石の手の甲しか杖握る

731　口結び老（おい）の遍路のひた歩む祖父母駆け寄り温（ぬく）き湯気舞ふ

732　踏みしめて眼（まなこ）しばたき来る遍路肩背食ひ込む実（まこと）おもへり

733 歓声や三月天照(やよひあまて)る桃の丘とことこ歩む幼園児(をさな)ら

734 子ら歓ぶ生命(いのち)あふるる群輪(むれわ)より離れて真直(ます)ぐ歩む子のあり

735 雛の如膝うるはしく居(ゐ)は此処(ここ)と「いただきます」の子らに花降る

736 釈迦仏も子らも拙者も恥ぢらひて自己紹介に笑ひ和初(なごそ)む

737 入学式終へて初子(うひこ)も初親(うひおや)も生(あ)れし仏に甘茶かけけり

738 誕生仏に甘茶の柄杓手から手にほの宵法話直(なほ)に聴きけり

739 一生(ひとよ)命(いのち)くるくる煮炊き拵へて盛りて洗ひて仕舞へる母よ

740 己が内の弱さ恥ぢらひ醜さと向き合へる子よゆらぎて歩め

741 山の御墓畑(みはかはた)通ひ守(も)る八十路(やそぢ)伯母は小屋に到れり活きる足音

742 夏蜜柑を独り呟き選り分ける伯母の手しかと腰踏ん張れる

743 鵲(かささぎ)の橋おもふ天つ銀(しろ)き河君と僕とは地(つち)歩み逢ふ

744 宇宙船の勇士ら銀河ふる住家(すみか)に老(おい)の夫婦はさやに寝入りつ

745 幸村公祀れる杜のしづけきに通天閣も寺も賑はふ

746 夕陽すごし天城街に千羽鶴の衣掛けたり空襲観音

747 御霊魂たちおはしまさむよ深き情しづにこもれる碑の文字清む

748 ほの耀ふ山灯やうやう炎形なりぬ民家数多の御魂降るらむ

749 魂迎へ魂送りの炎闇に出逢ひ別れし後のしづけささみしさ

750 発ちし御魂光り舞へるや蛍命懐かしき家さまよひ庭へ

751 地蔵灯る老に連れられしづ歩む子らにやさしき皆み手合はす

752 掛け声や仕種にはかに速なりて力士勢ふ満客ら沸く

753 土俵芯見据ゑ立ち分く大力士小さき力士や身の血湧きたつ

754 天仰ぐ一瞬静に息大き桃照る力士塩摑み撒く

755 気の張れる相の間に起つ汗飛びて争ひ巡廻る胸に潜りぬ

756 漲れる力士砂蹴り落ち転びぬ土俵の力士やはら手を添ふ

757　うるはしき礼よしづ去る拍手浴む背中(せな)の土汗(つちあせ)はらはぬものぞ

758　彼方なる海辺陸(くが)より眺めけむ三笠の山に月鏡照る

759　家持(やかもち)の妻偲(しの)ひつつ好みけむ石竹(なでしこ)今し庭に咲きけり

760　若ければ艶うつくしき黒髪の大和撫子ままにこそあれ

761　秋草に雨さや晴れて虹の露きららにゆれる萩の花房

762　まほらまに白雨(はくう)走りし陽(ひ)に光る珠露(たまつゆ)あふる秋草の花

763　七種(ななくさ)の歌結びける桔梗咲(ゑ)む鳴らぬもゆらく紫の鈴

764　ねねとまつ会ひ喜びて心あふれ抱(つつ)み合ひけむみ寺鳥鳴く

765　老背二人(おいせにたり)寄り添ひ居りて相黙(あひもく)すしづ語らひに眺めけむ庭

766　来し方も夢か真実(まこと)よねもころに相笑(あひゑ)み見けむ紅黄葉(もみちは)の庭

767　神渡(かみわたし)神立風(かみたつかぜ)よ天雲へ光り務めて帰り来給へ

768　神送り神留守居経(へ)し初霜の光み手打つみ神迎へり

769 眺めやりて西に礼拝社向きて拍手(かしはで)響くみ神招きぬ

770 霧に光透(とほ)れる奥の古社に今朝神迎ふ神は降り起(た)つ

771 太古より明(あか)き陽(ひ)昇る神迎へ新(にひ)光る神今しおはせり

772 天降(あまふ)りし神の山岳鳴れる瀬ゆ清水走れり祝詞(のりと)響けり

773 神還り住まふ山森気の澄めり民ら瞳ら魂(たま)ら初照(うひて)る

774 神事済みて身心(みこころ)澄みし和やかに皆喜ばす舞楽始まる

775 神も民も社も里も新たなり古人(いにしへひと)ゆ結(ゆ)ひけむ霊魂(たま)も

776 和魂(にきたま)は安けくし給ふ産土(うぶすな)に生きとし生けるもの抱き給ふ

777 八百万(やほよろづ)の神も仏も人も皆み雪み幸(ゆき)の降らむ生命(いのち)よ

778 神仏(かみほとけ)人の心におはすらむ活(い)くらむ魂(たま)は見えぬよろしき

779 感謝して礼す身心(みこころ)おもふなり願ふこと無ししづけさにあり

780 天雁の声冱え渡る影抱かむ方に遣(おく)らむ灯し火の文

781 老鳥は白髭垂れて養魚池に番人の如今朝も立つなり

782 蓮根(はすね)掘(ほ)りの翁離れて若人の所作に舌打ち笑みて目守(まも)らふ

783 蓮根掘りし泥きらきらと夕光(ひかり)浴む板上(いたへ)に御腰(みこし)温め給へ

784 一本(ひともと)の幹より出でし仏たち守らふ里の民と住みけり

785 初会(うひあひ)に笑みやゆたけき人よ人よ円空木喰(もくじき)仏住まふ里

786 小鮮を煮る如こしらへよそひくれし母の手柔(やは)に受けていただく

787 冬鹿の声さびわたる枯野径(みち)好き御夫婦に逢ひて送りぬ

788 老夫婦礼うるはしく歩みゆく社への道鹿見送りぬ

789 雪の駅に三人(みたり)の媼(おうな)手提げ解きて飴分け合ひてしづに語らふ

790 灯る駅舎(えき)媼ら待ち会ひほころばせ性(さが)触れ合ひてぽつぽつ語る

791 白杖の人はほの照る能舞台の前仕手(まへして)の如うるはしく立つ

792 陸奥に一幹(ひとみき)の木よ耀(かかや)ける御魂(みたま)見るらむ民生き給へ

793　夕陽浴みて一本(ひともと)大樹影立てり永久(とは)に寂しき懐かしき平城(なら)

794　七人掛けの席よ六人座り垂るおもはぬ我ら下等になりしか

795　天(あま)よりの雪晶舞へる子らの窓に心遣(こころや)りすむ我かと問へる

796　蕪村漱石寅彦利一往(ゆ)きし極(ごく)の月の真青(まさを)き天(そら)や祖母発(た)つ

797　労終へて夜雪(よゆき)踏み分け帰り着きぬ灯窓(ひまど)に小(ち)さき母の背中(せな)あり

798　晦日(みそか)元日駆けて戻りぬ老母(おいはは)の拵(こさ)へてくれし雑煮手合はす

799　天皇は稲作皇后養蚕よ守らふ和国民(わこくたみ)新光(にひか)る

800　霜光る思ひの初芽ゆれ起きて胸ときめけり参詣の道

801　久懐に心小波(ささなみ)好(よ)き人と歩む恥ぢらひ鶯の鳴く

802　氷　梅(こほりうめ)に水仙添へる雪径(ゆきみち)をしづしづ歩むほの語りつつ

803　車椅子にゆるゆる歩む梅林は時往(ゆ)かぬ如色香匂へり

804　乳母車の児に花降れりふと出逢ひ微笑(ほほゑ)み語りしづ別れ往(ゆ)く

805 匂ひしも雨の雫に打たれ揺らひ雲間の光梅は新咲(にひゑ)む

806 花茎の日夜降りける雨に耐へて光到りぬ露(たま)の梅花

807 透く音かな梅雲光る青垣を渡り越えゆく鶯の鳴く

808 子ら親ら師らよ清らに卒業式ピアノの音色鳴り光りけり

809 爺爺(じじ)婆婆(ばば)と幼児(をさなご)結び母添ひて卒業の子を包み唱和す

810 父たちは各各(おのおの)浸る母たちは和して唱(うた)へり青春の歌

811 学舎(まなびや)ゆ解き放たれむ明日よりは何者ならず何者ならむ

812 赤き芽に初立(うひた)ちの子ら見送りぬいつかこの道戻り来む子よ

813 見送れる卒業の子らつと止まり駆け戻る子や追ひて来む子よ

814 休日や徒らの性性(さがさが)おもはるる徒らよ熟さむ己楽しめ

815 徒の声を聴きしが夢か顔おぼろ机の上の筆箱の色

816 初芽生ゆ西陽(にしひ)多摩山発(た)ちにけむ防人還(さきもりかへ)り珠(たま)となるらむ

817 男体(なんたい)より女体(にょたい)の高き神山に和(なご)き会(つどひ)の歌交はしけむ

818 妹背山(いもせやま)光る紀の川朗らかに妻笑み歩むふるさとの道

819 小さき傘貸してくれける女生徒は今たくましき母となりたり

820 爺一人居る古本屋婆一人坐り守れるたばこ店(や)の町

821 奥の爺ふと立ち上がりはたき手に戸口まで来て払ひ戻りぬ

822 寺継ぐを逃げて都へ俳優なりし笠智衆さん坊さま似合ふ

823 青き天(そら)へ白足袋干しぬ祖母の足の表情包みしつやつやと照る

824 鉛筆と消ゴム持ちて初心(うひごころ)歌句書きつけし幸一生(さちひとよ)満つ

825 帽子載せる人深く被れる人もあり我は程よく整へ直す

826 母いよよ耳遠なりぬ繰り言す声のとほれる我になりたし

827 話し出せば応へて話す黙し居ればしづ手動かす散髪師なり

828 陶芸家床屋左官も洗ひ師も縫ひ師修理士大工師たふとし

829　地に年輪渦潮指紋巻貝よ銀河宇宙の環(わ)なす生死

830　老伯母は相乗りくれてもう一つ次の駅までと坐り直しぬ

831　「火の元と戸締まりだけは気をつけ」と遺言せし人安らひ給へ

832　枝雀師匠熱気うねりつ笑ひ満ちぬ一期一会の福感今も

833　くしやみ講釈狐の舞そ芸の品(しな)ゆかしかりける吉朝さんよ

834　俳諧は老後の楽しみと先師言ひし到らぬ境へ今日も楽しむ

835　在日徒は純粋なりし古ゆゆかしき大和言の葉語らむ

836　先生は手伝ひくれる指に触れ恥ぢらひわきて絵筆ふるへり

837　色鉛筆すべて揃ひて長き短きままうるはしく幾十年居りぬ

838　隠(こも)りゐし水色透(とほ)る柔(やは)き身の力よ蟬の白羽揺れ起(た)つ

839　郎女(いらつめ)の飛鳥おもひて眺めけむ丘小社(こやしろ)に大和見わたす

840　証(あか)しなる氏名揃はぬ戦没碑白き手巾(ハンカチ)浸し供へぬ

841 空箱で飛行機拵(こさ)へ切竹を刀と成(な)しし幼友(をさなとも)ゐし

842 芒据ゑ団子供へぬやはらかく祖母の遺骨に月を招きぬ

843 露の珠(たま)光りゆれけり萩の花虫の音初むる雁渡る里

844 秋桜や育みほむる老農は通ふ人らを喜ばせたしと言ふ

845 枡の米一粒一粒光りたる農汗戦中戦後おもへり

846 車窓より山へ明るき光透(とほ)るゆた歩みたき一道(ひとみち)のあり

847 藁塚や棚田守(も)る家湯気のぼるみ杜(もり)み寺よ飛鳥(あすか)村里

848 無理するな養生せよと言ひし我に祖母は早早死なぬと陽を浴む

849 小春日の陽光(ひかり)さす間に祖母は今留守の如きよ初物供へぬ

850 老夫婦夕闇迫る散歩みち老に出会ひぬ大根(だいこ)もらひ来ぬ

851 ほの宵のまほら畑老ふり返り「持つて往(い)ぬか」と大根白し

852 継ぎ蒲団和(なご)き山より咳一つ小(ち)さき身の母吾子(あこ)案じけり

853 一羽鳥の水鏡往（ゆ）く輪に添ひて一羽鳥往（ゆ）く彩間（いろま）うつくし

854 息白し呼吸の速き言遅し洟（はな）すすり上げ眼潤ふ子よ

855 ブランコに身をややゆらし懐かしき歌口吟む粉雪初めき

856 幼き日伯母にもらひし年玉の五百円札鮮やかなりけり

857 我が珠（たま）は親伯母伯父に祖母の骨に寄書き梅の木海棠歌句集

858 若草山焼く炎闇（ひやみ）冱ゆ鹿も民も眼の耀（かがよ）へり塔明かりゆく

859 思ひよらぬ子がくれにけりねもころに包み結びし手作りの品

860 佐保河の風立つ瀬波走る石に降りて真白き鷺の立ちたり

861 さへづりや赤深みゆく珠（たま）は天（そら）へ光る小包抱きつ送らむ

862 雪融けし萌黄緑の初穂生ゆ蕗の命を祖母に供へぬ

863 梅の珠彩（たまいろ）に含（ふふ）めり寒けくも一年（ひととせ）越えぬ安けく咲（ゑ）み初む

864 梅一輪しづ散り降れり一輪と武士（もののふ）眠る寺の光に

865 古木打ちし冷たき雨の玉雫小枝に散らぬ梅二輪かも

866 若草山焼きし修二会の甍冱ゆ天空(あまそら)に矢の初燕(しょえん)通へり

867 墨染僧娑婆に離別(わか)るる列の息白き受験子会釈して発つ

868 練行僧しづ籠る屋よ鹿と和す子らの歓声かすかに聴(き)こゆ

869 鐘の音や籠火(かごび)起(た)ちゆく回廊へ炎(ほむら)転がる感声上る

870 炎 籠(ほむらかご)ゆれ走(は)せ着きぬほの燈る奥ゆ響(とよ)む御堂打つ音

871 上げ炬火(たいまつ)走(は)せ着くなへに堂裏(だうり)より響(とよ)もす音の闇へ響けり

872 炬火籠(たいまつかご)しづ回転(まは)り往(ゆ)き果て着きぬ火の粉散り舞ひ落ち耀(かかよ)へり

873 籠炬火(かごだいまつ)列(なら)び掲(かか)ぐる御僧(おそう)たち声上げ振らす民ら沸き立つ

874 練行僧一人(いちにん)灯るしづやかに身心(みこころ)あつき観音おはす

875 小観音秘めし御僧(おそう)の生命(いのち)沸く唱和烈(はげ)しきくわぁんのんくわぁんのん

876 祈り強く高く深けれ烈しけれ観音御魂(みたま)ゆり動きけれ

877 法螺貝(ほらがひ)も踏み打つ音も読経声も鉦の響きも観音浴みぬ

878 我ら生類あやまち深き懺悔せる観音菩薩聴き容れ給ふや

879 練行僧灯る円(まど)ひの背の闇に見守り給ふ観音菩薩

880 大明神大明神や連ね呼ぶ堂の灯しに明神結(けつ)す

881 激(たぎ)つ僧灯れる内や格子闇にひたに男女の眼(まなこ)や光る

882 我ら民の小(ち)さき誠実(まこと)の祈りなれ真の幸は遠くあれども

883 陸奥へ瀬戸内へ往(ゆ)け闇越えて明けの光へ願ひの魂(たま)よ

884 愛しき人の写真寄り添ひ生ける人よなほなほ使命ありと微笑(ほほゑ)む

885 召されける親族(うから)活(い)き笑む写真抱きて終日(ひねもす)おもふ人よ生きてあれ

886 修二会行心(こころ)身(み)懸けて尽くしけりおはす観音魂(たま)沁(し)め給ふ

887 灯る奥にあつき念仏極まりぬこもる観音皆み手合はす

888 連れ起(た)てる僧ら厳行貫きぬ灯闇(ひやみ)に我ら心緊(し)まりぬ

889 修二会行尽きぬ夜更に罷る衆よ子鹿目覚めしつと眺めけり

890 光り澄みて御僧は童招き抱(つつ)み達陀(だったん)帽子ふと被せ撫づ

891 御堂(みだう)さやに水音(みづね)かそけししづけさに奥におはするみほとけおもほゆ

892 青き天(そら)み山野原に町みちにみ仏います民守(も)り住まふ

893 彼岸嵐往(ゆ)きぬ青天(あをそら)温かし耐へかねし花あふれ咲(ゑ)み満つ

894 桜花降れる光に自らを明らかにせむ恥ぢらひひそむ

895 花の下(もと)光に出逢ふ初人(うひひと)に澄める童(わらは)の心芽(こころめ)や起(た)つ

896 桜花降り敷く丘に集ひあふる人ら寂しき心すみけり

897 朝刊を披(ひら)き子どもの詩を探す習慣(ならひ)うれしき長田さん想ふ

898 子らの心命優しく眺むらむ長田弘さん天空(あまそら)います

899 老(おい)も幼(をさな)も心の窓は光りたり春の命よ弘さん見ゆ

900 家の犬は今日も出掛けて孤犬(こいぬ)らと民らに添ひてしづに戻りぬ

901 ユタは今日も留守の間ありし無聊(むりょう)なる犬や逢人(あふひと)和ませて帰す

902 老(おい)の職終(つひ)に決まりぬ待つ妻に細巻二本買ひて帰りぬ

903 嶺光る三度(みたび)代掻きすみにける水田の湖(うみ)へ早苗人立つ

904 休日や受け持つ人らおもひつつ死生観読む明日も医師なり

905 文書(ふみふみ)は少なけれども血通ひし情(こころ)ありけり学びの師徒に

906 紫の花敷く丘の古社ゆ万葉人ら眺めけむ里

907 瀞(とろ)八景碧(あを)き河湖(かはうみ)われら往く岩崖(いはがけ)迫る青天展(ひら)く

908 虹の天(そら)眺め登りぬ山上門(やまへもん)奥に耀(かがよ)ふ露の萩房

909 鹿の声聴きつ踏みゆく高円の坂道辻に家持(やかもち)の歌碑

910 錦織りのわたる駒嶺青天(こまみねあをそら)へ陸奥山谷紅葉(もみ)つ黄葉(もみ)ちぬ

911 あはれよとあらはさずしてあはれよと感ぜしむるが肝要なりけり

912 この方の御心(みこころ)降りて心つきぬ投稿歌手に光るうれしさ

913 気心(きこころ)入れて向かふもさやに楽しむもよろしき歌句よ一生(ひとよ)充ちゆく

914 虫の音や古き柱につとふれし身の温もりを月にたしかむ

915 浮鳥のすいすいゆけり水の面(おも)に心近くも遠く広しも

916 発車ベル我さへ乗れば歩を止めし人よ後をおもはぬ背中

917 人間(じんかん)は煩悶あるも数百歩の心澄みゆく通ふ道あり

918 勤め仕舞ひ御寺(みてら)御仏(みほとけ)裸身なる心純(す)みたる姫の迎ふる

919 きららかに貧しく飾る路屋(ろや)の奥闇に息つく女性(によしやう)ほの咲(ゑ)む

920 朗らかに笑まひ語りし身売り女(め)は暗路に韻(ひび)く真の咳しぬ

921 小さき画面ひたに見つめる閉ぢし人らきちんと周りに心を配れ

922 騒騒しく入りてかしまし婦人群一人ゆかしき御婦人のあり

923 齢重ね浅き根なれど新しき歌句に心を砕ける道あり

924 歌句浮かむ繰り繰りおもふ詠み直す珠(たま)にあらぬも磨くは好(よ)しや

925 光ありて耀(かかや)かぬ歌ゆくりなく湧き来むあらむ秀歌読み込む

926 歌句の涌く内なる泉なけれども生命(いのち)清(さや)かに歌は楽しき

927 夕陽映ゆる雪嶺迫る里の灯(ひ)よ糸繰り女(め)らの子孫活(い)きけり

928 冬銀河川冱(さ)ゆる里灯(とも)し灯(とも)る紙漉く人の命温(あつ)きよ

929 探梅や鳥の声澄む枝(え)に含(ふふ)む珠(たま)光りたる天守閣の青天(そら)

930 探梅や自転車光る青き天追分(そらおひわけ)の道木枝うつくし

931 名札ゆらし老犬通ふ犬や子ら民ら慰め安らひ着きぬ

932 家族集ひ励みし店(たな)は失せにけり跡のマンション顔伏せて過ぐ

933 真青(まさを)き天(そら)点訳の母指光る鶯の口匂ふ梅珠(うめたま)

934 入学式母生(あ)れし日よ翌日も晴れ始業式灌仏会なり

935 静けさに今しこの身は血の熱し一言一句子らは聴きけり

936 曙(あけ)の霞光り晴れゆくふりし畠(はた)に腰屈む老(おい)よまめに活きけり

937 祖母は今朝も見むと開けしが死にたりきと末弟の様（さま）ぽつり語りし

938 朧月に老（おい）と幼（をさな）のつなぎ立つ山遠からぬ棚田匂へり

939 月わたる水田の里やふと灯る離れ家一つ老（おい）の影住む

940 神の山映ゆる代田に光満ちぬ早苗箱（なへはこ）据ゑし農人眺む

941 風薫る水田光れりまほら里早苗植ゑゆく列島（くに）緑（あを）みゆく

942 光わたる苗田緑緑青（あをあをあを）き天（そら）へ瑞穂（みづほ）の実り豊かなれかし

943 新緑の風さや触れる子らの顔張りつめ光る瞳（め）に包まれぬ

944 ふがひなき我を叱りて激励す徒らに心根甦りけり

945 光浴みて眠りつ覚めつ子の命よ魂（たま）抱へつつすくすく育て

946 魂（たま）湧ける飽かぬ生命（いのち）よ初節（うひせつ）の子にわくわくす親は活きける

947 子や一人また一人子や居る夏の教室巡る語るうれしさ

948 急ぎ出でて渡らむ足下蝸牛（かたつむり）眼（まなこ）ゆらして己が生往（ゆ）く

949 明暗を知れり足りける蝸牛命光れり途登りゆく

950 この塔に襲浪迫る停まりて民に声あげ叫びし人よ

951 霊安塔へ向きて一口飲みにけるつながる如く供へ掌合はす

952 御霊魂なる人人親く来添ひませ蟬鳴き盛る水捧ぐなり

953 津波迫る際に人人救はむと命尽くせし人よ気息よ

954 光わたり槌音韻く産土に親族に今し霊魂人帰らむ

955 青澄める海原の御島に生れし命命よ頭下ぐばかりなり

956 「母さん」と叫びし生命わたつみゆ還りて親族しかと見給へ

957 親族守らむ心情なりける霊魂つ方よ大和国原子孫生けるよ

958 路面電車ゆるり停まりぬ黙しわたる彼の日の生命寄り添ふおもほゆ

959 陽炎や路面電車の居る街に鎮魂祈り心情わたれり

960 民ら皆黙しわたれり生命おもふ霊魂なる方方御蔭手合はす

961 鎮魂と祈りの深さしづけさよ時止まるなり遺堂(ゆいだう)光る

962 み霊魂(たま)方此処(ここ)にいますか彼(か)の日より路面電車の民運びける郷(さと)

963 うしろめたき思ひ抱きつつ生き来し人安らひ給へ霊魂(たま)安らはむ

964 面影は眼裏(まなうら)にすむ黄泉の人と共に生きける民の心根

965 子孫らを守らむ志(こころ)湧き起(た)ちて記し初(そ)めける老(おい)の人らも

966 情(こころ)あふれ地獄絵語る老いし人よ訪れし徒らひたに聴き入る

967 やうやくにしづ語る人彼岸まで黙し往(ゆ)かむ人安みし給へ

968 あふれける水飲み給へ帰り来て遺影の方よ此処(ここ)にあれかし

969 親族(うから)おもふ命命よ燃えにけりあの世この世に鐘鳴りわたれ

970 発(た)ちにける生命御霊魂(いのちみたま)へ響きゆけ鎮め祈りの鐘鳴りわたる

971 黄泉(よみ)の御霊(みたま)生ける御魂(みたま)は通ふらむ遠近(をちこち)しづに鐘の鳴るなり

972 天地海(あまつちうみ)におはせむ人よ生(あ)れし里に縁(ゆかり)の小(ち)さき鐘の響けり

973 蟬烈し天地時（あまつちとき）も彼（か）の日かな平和の礎（いしじ）民しづもりぬ

974 七十年戦（いくさ）は無きよ和の民（たみ）は生命（いのち）御霊（みたま）の御蔭なりけり

975 戦争の愚かさ民に知らしめむと捧げし方方いかに見るらむ

976 祖国日本精神の根はいかならむ白洲次郎氏鋭き眼（まなこ）

977 老医師を老患者らは頼み継ぎぬしばし開（ひら）かぬやはり仕舞ひか

978 ふいに風寄辺（よるへ）滑りて洗ひたての靴下一つこの世に迷ふ

979 光一つ二つや追ひて映る瞳（め）の幼（をさな）に還る螢舞ひ交ふ

980 霊魂（たましひ）は此処（ここ）にいますと螢光る蜻蛉（あきつ）舞ふなり水に人へと

981 螢光る蜻蛉（あきつ）舞ふ今霊魂（たましひ）は会ひに来ましたとしばし添ふなり

982 螢火よ霊魂（たましひ）灯る親族（うから）触れる闇に消えむやほの光りけり

983 添ひし人の遺影に供へゆくりなく古水の魚つと見つめけり

984 かなしみの薄れゆきけるかなしみの深まりゆかむかなしみのあり

985 夕陽残照生駒の峰に太古より春日の峯ゆ大（おほ）き月鏡

986 撫子に相間好（あひまよ）ろしき野菊咲きぬ幼心の恥ぢらひゆれる

987 天銀河遠つ夜に逢ひ相（あひ）思ふ妹背通ふ瀬清（さや）躍りけむ

988 銀河垂る急（せ）き逢ふ河瀬妹と君つと愛交はす気息（いき）ひそみけむ

989 銀河伝説より前（さき）の世に瀬の岸に情（こころ）あふるる男女ありけり

990 銀河滴る産土（うぶすな）山河月（つき）光に映ゆる笑み顔（かんばせ）の男女結（ゆ）ひけむ

991 天銀河はるけし遠夫遠妻（とほづまとほづま）ら昔ゆ今も思ひ増しけり

992 向き会ひて合掌礼す願ひ無しいつもの我にいつもの地蔵

993 彩色（いろいろ）の供物あふるる奥の闇ゆ超えて観（み）たまふ本尊おはす

994 日光菩薩月光菩薩紅黄葉（もみち）燃ゆまほら里みち小（ち）さきみ仏（ほとけ）

995 悲の人の同じ涙にある人はいかに過ごすと問ふにうたるる

996 里人らみ心み手の伝へ結（ゆ）ひて熟れし実果（みのか）よ艶群光る

997 鹿の声秋野に夕陽ゆくりなく正倉院への道耀（かかや）けり

998 光透くさへづり紅黄葉（もみち）ふる小径清（こみちさや）に装ふ夫婦歩めり

999 老（おい）夫婦朝日落葉浴み歩む野鳥の森へ澄み透（とほ）る道

1000 光転（まろ）ぶ泥池潜り掘り上る蓮根抱きし人姿（ひとし）耀（かがよ）ふ

1001 蓮掘舟（はすほりぶね）に冷え活きる人泥中（どろなか）に宝摑みて抜き持ち光る

1002 養はれし子は親を抱き咽（む）せびつつ祖国に帰りたしと告げけり

1003 証なる疵（きず）と生き来し残留の人また越ゆる冬の夜海

1004 苦の異土につかみし生根（いきね）断（た）つとても産土（うぶすな）の根を尋ねむ人よ

1005 戦火より労（いたづ）き育て上げし吾子（あこ）や見送りし親今も哭（な）くなり

1006 幼（をさな）よりねびゆく吾子を喜びし写真見るなへ親ひたに泣く

1007 鬼畜と呼ばれし児（こ）を抱き上げ育みし大地の親よあふるる情（こころ）

1008 女人の輪声夜もすがら鳴り止まぬ棺の御方（おかた）ふと目覚めむか

1009 黄泉の祖母は驚きて伯父見るらむや棺に眠る祖母に似る顔

1010 啜り泣きてお世話になりしと謝する方ら応へはなくも棺の伯父よ

1011 哭泣の涙新たやこまやかに心遣りせしこの伯父なりけり

1012 案じつつ生きける方よ棺に眠る族(うから)らしづに和(なご)に結びぬ

1013 両足は車輪の如く急き走る一生(ひとよ)充つ満つ生命(いのち)見送る

1014 頭(かうべ)も肩も膝も肉骨堅とありこまやかな伯父棺送りぬ

1015 長孫は濃(こま)やか中孫大様や末孫細やか七孫まま好(よ)し

1016 伯父逝きぬ親族(うから)の太き内柱(なかはしら)一つ失せにし我叱励す

1017 アンデルセンの少女のマッチ持ちたまふ杉山平一さん初光(うひひか)る

1018 マッチ売りの少女の灯(あか)り闇に浮く老占師ひたに書(ふみ)読む

1019 瞳うつくし赤児乗り寄る険しかりし御婆(おんば)満面笑顔となりぬ

1020 我が顔は押す人群に醜きが赤児の顔に心和みぬ

1021 人の世は安寧ならぬ乳母車にすやすや眠る幸福の児(こ)よ

1022 人間は蝶一葉も作れねど赤児子犬に情(こころ)満ちけり

1023 自由とは小(ち)さき内なるとらはれぬ空の心の澄みゆくさまか

1024 闇に孤(ひと)り鳥を聴きて悟りける一休禅師我が裡(うち)にあり

1025 何事は成し得し思ひ何事は成さざりし気も内に持ちけり

1026 芭蕉翁一日(ひとひ)一日(ひとひ)を命日と歩む姿や冬御堂筋

1027 足袋は指先靴下脛と踵よりほつれゆきけり冬歩みゆかむ

1028 夜更の灯(ひ)表に迷ふは母の眼よ「おかへり」と告げ寝屋(ねや)に入りけり

1029 今生の別れと思ひし祖母は手を振りて去(ゆ)きにし真なりけり

1030 鐘の音懇(ねもこ)ろに打つ一つ一つこの身に受けし恩韻(ひび)くかな

1031 初日出爪に灯(ひ)ともす人人の身に心根へ光さすなり

1032 灯る年にせむと思ほゆ今朝冱ゆる月の旅路を照らす明るさ

1033 暁に母が握りし白き御飯謝していただく徒らの声湧く

1034 憩民場とならむ学庭苔産(こけむ)せる百葉箱の今し抜かるる

1035 さへづりや白杖の人ほの笑みて澄める光の輪に立ち給ふ

1036 珠(たま)の光浴みて相添ふ人と犬に澄み透(とほ)るらむ鳥のさへづり

1037 良寛歌は自然(じねん)優しき良寛詩は厳しさ徹す日日詠み返す

1038 梅林径(みち)互ひの歩みおもひつつ添ふ御夫婦よ花雲に見ゆ

1039 梅含(ふふ)む夫婦自づと添ひたまふ天皇皇后笑まひおもほゆ

1040 夫婦しづに互(かたみ)に足歩(あしほ)心遣(こころや)りて眺め歩みつ琴の梅林(うめりん)

1041 梅匂ふ様様(さまざま)ありし先年(さきとせ)も今日よと開く花に逢ふなり

1042 去年(こぞ)の枝(え)に新珠(あらたま)含(ふふ)み咲き初めぬはにかむ花に風花の舞ふ

1043 去年(こぞ)の梅か今し初花咲きにけり一本(ひともと)樹幹(みき)の生命(いのち)に会ひぬ

1044 梅競ふ城苑(しろその)天守青き天匠(そらたくみ)腕(かひな)の鷹放ちけり

1045 大海原「会ひに来ました」と見つめける終（つひ）の慰霊よ船の親族（うから）よ

1046 白髪は海風にゆれ御手（みて）合はす花捧ぐ海へまた御手合はす

1047 親（ちか）き人ら白船（しろふね）うねる青海（あをうみ）に柔（やは）ら花置く涙降るなり

1048 広き青き海原（うみ）よ叫びの身に湧きて花捧げ置く此処（ここ）なる人に

1049 この海原（うみ）よ目守（まも）らひたしと語る婦人光る瞳に面影すまふ

1050 あの人は何思ひしと想（おも）ふ妻の手合はす背中（せな）に読経流るる

1051 御霊魂（みたま）たち還（かへ）り来ませよ掌（て）の内の数珠の光に迎へ人らに

1052 澄む深海（ふかうみ）耀（かかや）く海面（うみも）生（あ）りし人の面影映る親族眼（うからまなこ）よ

1053 幾度（いくたび）かこの大海原（おほうみ）に辿り着きぬ書文（ふみ）落としけり慟泣あらた

1054 温（あつ）き胸に抱き来し写真さすり見て確（しか）と正しぬ白き浪路に

1055 掌（てのひら）に温（ぬく）めし帯（テープ）解き放つ果てなき空へ青き大海原（おうみ）へ

1056 海底（うみそこ）へ届け御霊魂（みたま）へ湧き上ぐる情（こころ）の叫び消え果つるとも

1057 砕け散る浪に哭せる声交じる大海に白き孤船の民ら

1058 碧海の白き孤船に砕け散る波音激し哭き音飲み込む

1059 死ぬるよりつらき命か羽ふるひ飛び交ふ鳥は活きるかなしも

1060 再びは帰らぬ人と心置きて別離れし静間今しおもほゆ

1061 青天海へひたにみ手振るみ霊魂寄せにひたみ手振れる生命の人よ

1062 眼の露の流るる頬に海底ゆ起ち来添ひませ魂なる人よ

1063 抱きし好物召し上がれよと置きし海つと見つめらる涙あふるる

1064 清き喪服に身を包みける婦人たち涙散る果て海に供へぬ

1065 老婦一人腰屈まるもしかと握り船跡白波の海見つめけり

1066 這つて生きて帰れとおもひし愛し人よ何処沈みぬ眠るらむ海

1067 生きて帰れと請へばよかりし彼の時に抱きし遺影にふと語るなり

1068 慰霊地も終かと思ひ微睡みし夢に彼の人見つと目覚めぬ

1069 黄泉(よみ)の人の思ひは吹くか海風に虹の帯帯皆の頬撫づ

1070 貴男(あなた)へと清書の手文(てふみ)胸に抱きて柔(やは)に落としぬ眠らむ海底(うみ)に

1071 ふと傍(そば)に寄り添ふおもほゆみ魂人(たまひと)よ沖つ青海原(あをうみ)この船の上(へ)に

1072 初乗りし終(しま)ひや慰霊船の上ゆ海底(うみ)なる人よ無沙汰詫びけり

1073 沈没顛末書文(ちんぼつてんまつしよふみ)うるはしく明記せり命の際(きは)に書きし生命(いのち)よ

1074 「一緒に帰りましょう」心情(こころ)に語る天海(あまうみ)の霧島(きりしま)に立つ面影おもほゆ

1075 彼(か)の日会ひて別離(わか)れし人よ顔も背中(せな)も確(しか)と憶(おも)ひぬ青海原(あをうみ)の底

1076 灯る窓わが家への道連れ歩みし至福の憶(おも)ひ今しあふるる

1077 灯る船窓(ふねまど)よ御霊(みたま)魂そ呼び寄せむ思ひ人人会(つど)ふ明室(あかや)に

1078 母を慕ひ家族思ひし勇士方(ゆうしかた)へ手書文(てふみ)括(くく)りの束抱(たばいだ)きける

1079 沈みし日ゆ直(ひた)に親族(うから)を待ち居(ゐ)しか深き海底眠れる人よ

1080 今一度(いまひとたび)会ひたき心情(こころ)あふれける生命(いのち)かけ乗る人よ海原(うみ)見る

1081　霊魂つ人船上に命生ける人情愛絆 今此処にあり

1082　「帰っていらっしゃい」 と手を握りしが救ひなり一生心に抱ける人よ

1083　この足下この海底に父は居りし零時十五分真下へ祈る

1084　愛しき人眠れる海上近づきぬ船上杖持ちしかと立つ人

1085　彩色房柔抱き放つ千羽鶴別離れ惜しむ如海上漂ふ

1086　虹帯のみ手より流れ舞ふ海のみ霊魂なる人心通はむ

1087　帰還せば連れ立ち里野楽しまむと契りし笑顔波上おもほゆ

1088　己が身を大切にせよと一通の一文すべて遺言なりし

1089　今は若き我に還らむ 「家族頼む」 と遺せし言葉守らひ生き来ぬ

1090　大海原読経の声に眼の珠露は散り流れゆく供花の如く

1091　母の声よ妻の声やと聴き給へ故郷の歌海原へ響けり

1092　海底へ天空へ今聴かせむよ 「ふるさと」 の歌哭き唱ひけり

1093 身罷(みまか)れる人ら親族(うから)を故郷(ふるさと)も懐(おも)ひ聴(き)くらむこの天海(あまうみ)に

1094 親(ちか)き人よ迎へに来しよ共に帰らむ心情(こころ)遺(のこ)しつ慰霊人発(た)つ

1095 鎮魂と悲苦の心情(こころ)し寄り合へる終(しま)ひの御船(みふね)御霊魂(みたま)乗るらむ

1096 霊魂(たま)に会はむ旅果て戻る家の門に想ふ面影添ひ見たまはむ

1097 不自由と苦難忍耐語りたし平和自由はそが上なるよ

1098 天空(あまそら)ゆ真下はるけき海原の島島つなぎ結ぶ紐橋

1099 大海原国島(くにしま)渡る橋道に往き交ふ生命(いのち)ら耀(かかよ)ふ地球

1100 天青(そらあを)き海原(うみ)凪(な)ぎ光るみ船往(ゆ)く大橋さやに淡路島見ゆ

1101 防人(さきもり)ら背に面影の宿りけむ難波の森に鳥らにぎはふ

1102 山谷河(さんやかは)ゆこの天海(あまうみ)よ防人ら魂(たま)抱(いだ)きけむさへづり烈(はげ)し

1103 さへづりや梅の散るほら散り落ちぬ生命(いのち)澄(す)みけりこの静けさよ

1104 静けさや御寺(みてら)に光り梅散り降る落ちぬる地(つち)に命安けし

1105 梅の花ちらほらゆれる琴の林(りん)さへづる鳥ら生命(いのち)ふくらむ

1106 梅枯れの園にまれ人残り梅の静枝(しづえ)に鳥ら喰ひ憩ひけり

1107 雛雛のあふるる遊廓(くるわ)華やぎに哀し愛(いと)しき女(をみな)ら笑みよ

1108 山の神笑まむ流るる桃瀬川里潤さむ田神と坐しぬ

1109 山の神ふる清沢ゆ田の神となる瀬の里に萌黄光れり

1110 神岳の霞晴れゆく清つ瀬に早蕨(さわらび)光る野に土筆坊(つくしんぼう)

1111 卒業文集に「ひとり」と書きて止めし子よ三年間はいかなる心情(こころ)

1112 子供らゆ心情(こころ)の手書賜(てふみたま)はりぬ余(よ)の一生は満ちあふれけり

1113 生徒一人一人の手なる文宝(ふみたから)ありける鞄抱きつ戻りぬ

1114 女子(をみなこ)は見つむ男子(をのこ)は前向きてゆるりひとしくゆさはりに浮く

1115 手話通ふ心和(なご)みぬ君は今線路風吹く対岸に笑む

1116 天皇は膝つき給ふ皇后も眼指(まなざし)しかと声聴き給ふ

1117 陛下御夫婦微笑み会釈し給ひて心情（こころ）聴かむとつと立ち給ふ

1118 元気でねと天皇皇后民に向かひ柔（やは）に笑まひて発（た）ちかね給ふ

1119 人知れず苦難を生きる人方（ひとかた）あらむと憂ひ給へる天皇皇后よ

1120 花学舎渡り初声掛けし子は眠れる如く微笑みくれぬ

1121 桜傘 学舎（まなびや）巡り会ひし徒は目覚めし如く我に微笑む

1122 桜並木花雪降りぬ恋の窪町（くぼちやう） 廻る河瀬も花帯（はなおび）なりぬ

1123 桜降る櫓（やぐら）に堀へ武士（もののふ）らの生命（いのち）満ちけり花雪の舞ふ

1124 桜傘降るふる花よ陽光（ひかり）浴みて老いける民ら会（つど）ふ小家（こいへ）よ

1125 春光浴む飛火野に鹿ら人ら色種（いろくさ）の性解き躍りけり

1126 紫雲英花（れんげはな）編みて飾れる少女孤（ひと）り光る輪の中爺（じい）や駈（か）け来（き）ぬ

1127 紫雲英野に離れて一人掌（て）に開（あ）けし海苔（のり）の匂へり母の弁当

1128 紫雲英菜の花光る梅干海苔香る母の手作りいただきまする

1129 暁(あけ)の母の掌(て)にありし白き結び飯ゆるり嚙(か)みけり春野のひかり

1130 今朝光る腰屈まれる翁媼(おうおう)は身体(からだ)はよしと畠土(はたつち)踏める

1131 燕の矢軒へ戻りつ疾(と)く発(た)ちぬ耀(かがよ)ふ濠(ほり)の亀ら棲(す)まへり

1132 摩天楼に大き書店の新開(にひあ)きぬ下町馴染みの本屋閉(し)めけり

1133 外(と)に出でし空はにはかにかき曇り天に眼のある如降られけり

1134 雪光る山の神ふる田の神と代水湖(しろみづうみ)の鏡わたれり

1135 柔(やは)白し肢(あし)抜き身体(からだ)羽根起(た)ちて水の耀(かかや)き蟬産まれけり

1136 長き命地中に満ちて這ひ登り世の陽光(ひかり)浴む初(うひ)の蟬鳴く

1137 初瀬里奥つ峰谷吹く風や龍神登る真白滝(ましろたき)清(す)む

1138 修験道踏み登りける熱き身に風のさやけし大熊野嶺

1139 み熊野路(くまのみち)黙し登りぬ吹く風はヒマラヤよりや巨緑(おほみどり)湧く

1140 高野より戻り目覚めし家(や)の庭に光透(とほ)れる今朝のさへづり

1141 麦こがし匙回す祖母の指おもふ彼の日の香りしづに供へぬ

1142 豆御飯よそへる母は幼かりし豆奪はれし情語れり

1143 人類は賢くあらぬ闇宇宙に浮く青生命地球に和せぬ

1144 厩戸皇子の想ひし国家実現ならぬ我ら希望へ一歩踏みゆかむ

1145 和の心情未だわたらぬ境無き一つ生命の青き地球に

1146 み霊魂人よ命つなぎて生き来し人よ彼岸此岸の人語るとき

1147 蟬盛る虫の鈴音よ心心にすめる面影人添ひ来ませ

1148 沖縄の地にわたれる御霊魂おもふ碑に清き水供へ手合はす

1149 人類は滅すとおもへど光抱きて賢人たちの智恵実らせむ

1150 広島長崎ひろしまながさき子を背負へる子よ

1151 遺の館映ゆる彩河霊魂灯る舟舟流す民ら親しき

1152 静に灯し柔ら流しぬ燈籠舟見送る人ら瞳うつくし

1153 親族(うから)おもひ命投げける御魂方(みたまがた)よ今し祖国をいかに見るらむ

1154 観音菩薩や大阪城街燃焼(やけ)にける御魂数多(みたまあまた)よ地(つち)に住むらむ

1155 民ら生命(いのち)皆身罷りし耐へぬ思ひに民ら観音菩薩つくりぬ

1156 この街地(まち)は燃え焼けにける生命生命(いのちいのち)よ近き七十年前(さき)の跡なり

1157 河橋を列車渡れる民の町に爛(ただ)れし煉瓦群(れんがむれ)確(しか)と在(あ)り

1158 耐へしといふも足らぬ思ひに辿り着きし奇蹟生命(いのち)ら舞鶴の陸(くが)

1159 現実(うつつ)にや生命(いのち)ありける思ひ抱きて舞鶴港を光に見けむ

1160 北果ての凍土背中に負ひにけり血温(ちあつ)き生命(いのち)ら青緑(あをあを)き郷(さと)

1161 命かけて帰り着きぬも心晴れずうしろめたさに生きける命

1162 岸壁の母は故郷にあふれけり螢となりて添ひけむ子らも

1163 千人針母ら妻たち願ひ立つ赤き縫ひ玉心情魂(こころたま)あり

1164 虫の鈴音(すずね)澄みし夜すがら明け初めて陽(ひ)に甦る蟬の声湧く

1165 明け初めし熱き光に蟬の声いよよ烈しくなりぬ好(よ)し夏

1166 虫の音も失せし風雨は過ぎし現実(うつつ)蟬は生きゐし青天へ鳴く

1167 環濠(かんがう)に亀も聴くらむ阿礼(あれ)祀(まつ)る稗田(ひえだ)の杜(もり)に舞楽の音色

1168 彩浴衣(いろゆかた)の幼子(をさなご)のみ手天へ回りゆるゆる踊る阿礼(あれ)の神祭(かみさい)

1169 子ら遊ぶ生命(いのち)の声や谷路地に土門拳(どもんけん)氏の写真の笑顔

1170 バナナ二つ宝石の如耀(かかや)けり伏せ時迫る棚へ歩めり

1171 寝込みし人今身罷りぬ鳴く鴉吠え止まぬ犬御霊魂(みたま)見るらむ

1172 明治天皇崩御(ほうぎょ)漱石深き顔あり時国史人間(ときくにふみじんかん)に淵ありにけり

1173 人力車回し電話に蒸気車船よ世の文明はこの節が良き

1174 精悍(せいかん)な顔純(す)みし眼よ写真より若き軍士は見つめてをりぬ

1175 踊り輪をくぐり抜け急(せ)く木蔭闇(こかげやみ)にひた熱き身よ男女抱き合ふ

1176 精霊も爺婆(じいばあ) 幼子(をさなこ)父母(ちちはは)も心わたりぬ虫音(むしね)澄む宵

1177 青澄みしみ天(そら)み墓の奥処(おくか)光る水子地蔵や彩(いろ)風車揺る

1178 水子水子 幼(をさな) 地蔵の群れ寄れる寂しく笑めり和みて笑めり

1179 風泣くや愛子(まなこ)地蔵ら海へ向く賽の河原に石の鳴る音

1180 小さき玩具花添はせける親心(おやごころ)情子らにわびける子らはわびける

1181 地蔵灯る老(おい)も幼(をさな)もみ手合はす闇の命に触れる生命(いのち)よ

1182 まほらまはなべて鈴音(すずね)の夜となりぬ春日(かすが)二上(ふたかみ)生駒嶺(いこまね)に月

1183 十三夜の月冷に照る七十年前(さき)に兵士ら際(きは)に見し月

1184 虫音(むしね)澄む書(ふみ)読みふけぬふと明るき雲間に光り十三夜の月

1185 青垣にこもれるまほらほの明るし古(いにしへ)照らす十四夜の月

1186 虫の音や生命(いのち)ひそ咲(ゑ)む秋海棠庭に照り添ふ十五夜の月

1187 清涼(さやすず)しヒマラヤ吹きし極楽の余りの風や路地通ふらむ

1188 極楽やええあんばいと祖母言へり月降る湯舟虫の声澄む

1189 月清(さや)に御塔(みたふ)静けし相輪(さうりん)に天子(あまこ)ら遊ぶ姿耀(かがよ)ふ

1190 ひさかたの月に天子(あまこ)ら優艶に楽奏で舞ふ音しおもほゆ

1191 青光る天つ若子(わかこ)らゆた笑まひ花まき翔る九輪清(さや)けし

1192 月冱(さ)えて九輪にすめる天子(あまこ)らの遊(すさ)び愛しき宙返りせり

1193 月の輪に御塔(みたふ)映えけり水煙(すゐえん)に飛天雅(みやび)に活(い)きとどまれり

1194 虫の鈴音(すずね)塔へ九輪へ通ひけり飛雲の透きに月光(つきひかり)澄む

1195 古(いにしへ)ゆ月光(つき)ふり照らす虫音澄む野道のほとけ和きこの里

1196 赤桃に染まる夕天(ゆふそら)切(せつ)に鳴く蜩(かなかな)の音(ね)や八雲(やくも)の書読む

1197 闇となりぬ動物園の獣たち花屋の明かり消えて花たち

1198 星空へ枝張る大樹幹の下(もと)生命(いのち)の呼吸共にするなり

1199 神杜(かみもり)に神も大樹も虫も我も一つ気息の中(うち)に生(あ)りけり

1200 若宮社(わかみや)へ到る小径(こみち)に問ひたまふ夫婦ゆかしき鹿と見送る

1201 鹿寄れる鳩足元に我こぼす命の糧(かて)よ召し上がり給へ

1202 運動会兄弟姉妹出場す小(ち)さき学庭親族(うから)賑はふ

1203 ピストルや子ら沸き返りおとなしき先生走る姿勇まし

1204 頬に指(および)かそけく笑まふみ仏(ほとけ)よ春憂秋思人にありけれ

1205 神山ゆ虹よ露澄む緑田波(あをたなみ)実る稲房きらら耀(かがよ)ふ

1206 青垣(あをかき)ゆ稲穂波原真耀(まかがよ)ふふる魂(たま)おもほゆ蜻蛉(あきつ)舞ひ交ふ

1207 高円(たかまど)の嶺風(みねかぜ)送る鹿の声に亡き人偲(しの)ぶ露の散りけり

1208 母ら妻らは防人らの背眺めけむ夕日落ちゆく遠つ山脈(やまなみ)

1209 家持(やかもち)の見けむ青海(あをうみ)原真白(ましろ)き船天皇皇后笑み立ち給ふ

1210 蜃気楼おもふ青天海(あをそらうみ)原光る彩旗(いろはた)豊漁船舟(ふねふね)往き交ふ

1211 家流されし方よ生命(いのち)を生きる方よ歌句詠み給ふ心根(こころね)のあり

1212 鳥ら渡る空や魚たち泳ぐ海よ人間は島に国境諍(あらそ)ふ

1213 風呂敷包(ふろしきつつみ)の教師門庭こぎ交はす挨拶の声学窓の徒も

1214 朝日夕陽に老若の声響く路上(みちへ)自転車教師気遣ひつ縫ふ

1215 遊子我ら玉に喜び筒穴の基地はありけり夕暮れ曠野(こうや)

1216 片鶉(かたうづら)となりて生きなむ庵(いほ)の草繁き露にも光添ひなむ

1217 若き母を夜の駅舎に迎へける祖母の遺影の眼に迎へらる

1218 紅黄葉(もみちは)の色濃き朝(あした)伯母の声昨日の高野具(つぶ)さに語る

1219 父母は明日よりゆたに深まらむ吾子(あこ)送りける紅黄葉(もみち)せむ庭

1220 小春日や鳥の声聴く学舎(まなびや)に佳境を詠(よ)めり徒ら微睡(まどろ)めり

1221 龍門山風猛山の郷(さと)駈ける魂離(たまさか)るらむ伯父に会はむと

1222 霊魂(たましひ)はいますか伯父のこまやかな性に触れけりみ頬(ほほ)撫でつつ

1223 祖母を此処(ここ)に葬(はふ)りし伯父は今し此処(ここ)に葬られゆけり祖母に会はむか

1224 偲ふ会しづに感謝の会となりぬやがて和(なご)なる会は供養よ

1225 泣ける我を肩車して歩みくれし叔父生(あ)りし此処(ここ)天神社(てんじんやしろ)

1226 冬田原に朗朗響く神祝詞(かみのりと)天つ雲間ゆ光射し来る

1227 冬木肌あやかしにしきぎ声透(とほ)る野鳥の森へ冱(さ)ゆる道ゆく

1228 働きつ労(いたづ)きつ少し休まむとまま召されけりネロの如くに

1229 孫悟空の如く生きける己が道気づけば彼岸霊魂(たま)は活(い)きなむ

1230 導ける教師もよろし励まされ徒に救はるる教師もよけれ

1231 幼(をさな)より情(こころ)に飢ゑて屈辱に生き来し子らよ好(よ)き人になれ

1232 子らに望み徒らに願ふは我欲なり聴きつ見つ添ひ思ひ向かはむ

1233 老母(おいはは)の握りてくれし白き飯抱(かか)へ真白き鳥と冬ゆく

1234 売商(うりあきな)ひ止めにし家にありし物も買はねばならぬ客となりけり

1235 下宿家に言(こと)の葉(は)優に指かさね様(さま)うるはしき老姉妹あり

1236 和山(なごやま)の空明かりゆく新た日の彼岸此岸に初光(はつひかり)射す

1237 賀状一枚一枚読みて見返しぬ品よき喪状上(うへ)にしづ置く

1238 逝きし方(かた)の賀状に会へり懐かしさに昨日し書きてくれたる如し

1239 八十路(やそぢ)生きる方(かた)に今年も賜はりぬ賀状光れる佳句新たなり

1240 天皇皇后今し民たち悲苦の中(うち)に耐へ生くらむと案じ給へり

1241 民(たみ)の心(こころ)命(いのち)愛(いと)しみ憂ひ給ふ情根(こころね)深き陛下御夫妻

1242 仁徳(にんとく)の代世(よせ)ゆ民らの生命(いのち)暮らしあはれみ給へる御(み)真(まこと)情(こころ)

1243 何事も大き器につつみける君の御徳(みとく)よ国史(くにふみ)に見ゆ

1244 人も鹿も鳥魚草木(とりうをくさき)花(はな)も稲も慈しみたまふ情(こころ)こそ君

1245 幸(しあはせ)とは何かと直(すぐ)に問ひ給ひし昭和の君の御姿おもほゆ

1246 生けるものの哀しみ貴さ知ろしめす天皇皇后情(こころ)しおもほゆ

1247 初相撲陛下御夫婦の御声聴きて語りし親方天に見るらむ

1248 窓の闇に雪花散りぬふと起きて温(ぬく)き拵(こしら)へ祖母に供へぬ

1249 しづけきに覚めて真白(ましろ)し雪世界光る真赤(まあか)き珠(たま)の実に醒(さ)む

1250 荷は着きぬすぐさま解きてお裾分け母の手光る水の如くに

1251 耳遠くなりける母は拙者のため目覚まし時計幾度(いくたび)も見ぬ

1252 暁(あかとき)の万葉の道孤(ひと)りゆく太古ゆ亀の明からみゆけり

1253 霜の暁(あけ)心弓張り歩みゆく鴨の水面(みなも)にゆるり憩へり

1254 子らの性(さが)心根(こころね)おもひゆるやかに世に押し遣るもかなしくあるか

1255 学舎(まなびや)へ続く野鳥の樹木(きぎ)の道終(つひ)の通ひや今し歩めり

1256 子らと交はす挨拶の道露光る初訪(うひおとな)ひの心し歩む

1257 明日よりは通はぬ段よ長閑(のどか)ならむ日日より先に駅返り見つ

1258 埴輪はにわ何をおもひて作りけむ埴輪よ何を語り伝へむ

1259 初音澄む七重(ななへ)の滝瀬玉走る岩(いはほ)にゆれる芽や萌え光る

1260 厨(くりや)ゐし母はふと抜け戻り来(き)ぬ土筆採りけり野の匂ふ台

1261 生死(いきしに)の命炎や映りける城堀池に彩鳥(いろとり)憩ふ

1262 様様な命生死(いきしに)ありにけり青天城趾梅花匂へり

1263 鳥らにぎはふ深森(みもり)に空(あ)けしさへづりの丘はばたきの丘の静けし

1264 鳥声烈(はげ)し森ゆさへづり発(た)つ鳥ら天へ真向(まむ)かふ丘の閑(しづ)けさ

1265 開(あ)けて角(かど)うつくしき封書入り在りぬ郵便箱の音もうれしき

1266 陽(ひ)に並びし幾十年前(いくじふねんさき)身罷れる祖母の夢見つ今朝のさへづり

1267 祖母生(あ)りと陽(ひ)に安らふや覚めし夢か明けゆく光り遺影に着きぬ

1268 祖母にそと押され園児は目をゆらし心するゐむとバスに乗り込む

1269 親子とはそんなもんやといふ職人血のつながりは絶えずまた会ふ

1270 棚田光る海に孤船ら村は親族(うから)己(おの)が意(こころ)し生業(なりはひ)継ぎ活(い)く

1271 白妙(しろたへ)干す家業畑農漁船よ浦里の曾孫(ひこ)命結(ゆ)ひ生く

1272 水田わたる崩れし山谷阿蘇の里よ赤茶線路の待つ如光る

1273 休院日に最後の手当賜はりぬ新緑光る風の身に触る

1274 竜田山越え来し風に白鷺はうるはしく立つ佐保の瀬清し

1275 大峰谷七重(ななへ)の滝の沢鳴りに相呼び透(とほ)る鶯の声

1276 荷車に屈まる御婆(おんば)今朝光る蟬鳴き初むる森の径(みち)ゆく

1277 蟬時雨ふり初む小径(こみち)帽子御婆(おば)小車(こくるま)押して今朝も歩めり

1278 森傘(もりかさ)の緑(あを)光り透(す)く涼(すず)の径翁媼(みちおうおう)歩み息(やす)み添ひゆく

1279 山抜けて古野また山田畑ゆきて鞍馬大原水のつめたさ

1280 契りし情(こころ)ゆめ忘るなと歌姫(うたひめ)の御杜(みもりか)離れけむ古人(いにしへひと)よ

1281 地(つち)に空に潜める御魂(みたま)いかに見む難波の町に生命(いのち)活(い)きけり

1282 一生(ひとよ)満ちて達人たちら活(い)き抜きぬ坂丘陰(さかをかかげ)に墓碑夕陽浴む

1283 生命(いのち)熱き心志(こころ)抱(いだ)きし跡ありけり法塔天守街(ほふたふてんしゆまち)我血湧く

1284 魂は己がじしあり塊(かい)と言はれし我ら還暦古稀しづに涌く

1285 戦時中ならぜいたくと言ひし我に今は戦後と老母(おいはは)は言ふ

1286 葛城山金剛山も白霞む雨降り来(く)らし鳥ら翔来(かけき)ぬ

1287 列車着きぬ降りて真下の畦径(あぜみち)に人帰りゆく生(あ)れし紀の里

1288 ほの光り射しける洞(ほら)に赤黄緑彩色(いろ)うつくしき女人らあらはる

1289 四つ神の獣はあらたま光浴みて目醒め活きむか甦りなむ

1290 思ひ得しか聞こゆる言葉聞かずして聴こえぬ真想(まこと)ひ聴くらむ

1291 金魚掬ひにやうやく笑みし甥は今皇太子殿下と言葉交はしぬ

1292 甥は今内(うち)に溜まりし思ひあふれこの作文に讃美賜はる

1293 居眠りをいつもする子は朝の蜘蛛殺すは悪しと我に言ふなり

1294 鳥ら虫ら人ら寄り来る古大樹(ふるおほじゅ)内なる御霊(みたま)眺め添ふらむ

1295 天へ高く太く生(お)ひ立つ一大樹(ひとおほじゅ)気息の生命(いのち)いのち呼び交(か)ふ

1296 彩鈴(いろすず)の路面電車にりんりんと自転車ゆるり人の世は好し

1297 明日香村迷へる我に老農は粒汗拭きつ教へてくれぬ

1298 飛鳥里会ひし老農汗滴る顔笑まひ指し応へくれけり

1299 バス往きぬ村しづけしや声高く婆婆たち笑ひ喋り居並ぶ

1300 霊迎へ霊供養して霊送りの夜なる山岳炎仕舞ひぬ

1301 ほのやさし地蔵会の宵涼鳴くは八雲先生愛でし虫声

1302 鳥渡る古へ近き春日山宵満月の新しきかな

1303 縁の庭鳥翼あり子規さんは六尺にあり想ひ広げぬ

1304 秋海棠紅桃の花咲き初めぬ今ゆ小庭はあはれまさむも

1305 天つ祖母の足に触れける秋海棠生ひ延ふ小庭触れつ歩まむ

1306 秋海棠裏おほひけりありし祖母の避けつ干しける姿おもほゆ

1307 高円の丘の奥処の上門の内光りける露の萩房

1308 老夫婦静に流るる異国語の谷間に大和言葉交はしぬ

1309 冴(さ)ゆる月光(つき)浴みてふと立つまとひなき聖女にあらぬ君なまめかし

1310 いざ会はむ子らに伝へむゆらぎつつ浴みて抱(つつ)まむ思ひ湧き来る

1311 洗濯物積みて自転車押しゆけり介護の心急(せ)くも我が道

1312 しくじりもせずに済みける一日(ひとひ)かな明日は何かしでかすと寝ぬ

1313 独り居(ゐ)の水遣り光る庭に立つ陶淵明の詩心あらぬも

1314 総(す)べて穫りし狭き畠は広きかな水撒き光る土の畝畝(うねうね)

1315 雷の落ちし木の丘墓碑寄れり祖父母安らへ蜜柑供へぬ

1316 山茶花(さざんか)のふと散る幹の下(もと)に添ひぬ雲間の光り花辺(はなへ)に降りぬ

1317 往(ゆ)き帰りに駈け寄りくるる他家の犬温(ぬく)もり生命(いのち)しかと抱(いだ)きぬ

1318 朗らかにしなひ迎へし素顔女(すがほめ)は肌身の疵(きず)を隠し笑まひぬ

1319 髪撫でて咳に水含(の)み息つきて総嫁(そうか)は月の敷く道を往(い)ぬ

1320 枯寒林切られし樹(き)の輪(わ)小春陽(こはるひ)の床よ降り来る鳥ら憩へり

1321 冬枝に手袋一つ独り身に浮かぶ一歌（ひとうた）心足りけり

1322 喉元に出（い）でむ言の葉抑へ飲みて師に徒に会ひて意心（こころ）を聴かむ

1323 寧（ねい）ならぬ腹波立ちぬ身の内に心月輪のこころおもふも

1324 男とは嘘つきと言へば女生徒ら女はさらに嘘つきと言ふ

1325 神仏（しんぶつ）にあらぬ人間かなしけれ人の心に神仏（かみほとけ）すむ

1326 鞆（とも）の浦陽（うらひ）に月に映え耀（かかや）けり旅人（たびと）も志士も思ひ抱きけり

1327 古（いにしへ）ゆ魂（たま）運び恋ひ呼ばふかな条里の森に鳩しきり鳴く

1328 這ふよりも苦しき命よ身を起こし昇らん鳥を楽しと見るや

1329 通ひたしと思ひし博物館閉ぢぬままにしづけし黒き汽車見ゆ

1330 鳴く声に耳澄ましけり杖つ人は聴き分けられむ音色調べよ

1331 母は後の人をおもひて励み止（や）まぬせぬがよしやと我は思ふも

1332 母は今日も残り仕事を怠らぬ整ひゆくを我は悲しも

1333 後(うし)ろ安(やす)しと母は言へども思ひ残す事あればこそ母長らへめ

1334 食べていかねばならぬと溜息つきにける民に迫れり税増さむ春

1335 議員らよ自ら給与削(そ)ぐならば税も払はむ気になるものを

1336 冬の月光(つき)映ゆる樹木(きぎ)立つそが中に一葉(ひとは)まとはぬ一木(ひとき)うつくし

1337 月光(つきひかり)青き垣山ふる神の一本(ひともと)の木よ影清(さや)に立つ

1338 星のふる故郷(ふるさと)の道喪服提げて冷たき夜気を歩む足音

1339 星冱ゆる星の戒名賜はりて清臥(きよふ)す祖母は心(うち)に灯れり

1340 箸の手にそと力添へ熱き骨を見つめ納めぬ祖母よ伯父よや

1341 鳥音(とりね)澄む独りこもりて推敲す一首据ゑ見む年越えゆかむ

1342 冬の枝赤き芽生ゆるゆくりなくとほれる歌の今し見えきぬ

1343 温(ぬく)き人と静語(しづかた)らひて別れ来ぬ松濃(こま)やかに歌の湧き来(き)ぬ

1344 除夜の鐘試し打つなり珠(たま)の書(ふみ)読みつ結ばむ年初迎(としうひむか)へむ

1345 無常の鐘あらへんと老僧断じけり鐘は鳴るなり理知は要らぬか

1346 鐘の音は一つなれども如何様にも聴こえるものと漱石先生

1347 生死の問語は人の意なり生まれしものら直に生き死ぬ

1348 淑気立つ神の御社初拝す神の代山新光りたり

1349 神山へ拍手響く清結ひの新酒供ふ終礼拝す

1350 神事済みて神たち人ら交らひぬ神喜ばさむ和に舞初む

1351 天皇皇后互に歩み気遣ひて夫婦の姿見せ給ひけり

1352 陛下御夫婦互ひの苦労おもひつつ笑まひ語りつ歩ませ給ふ

1353 さへづりや聴きて笑みます両陛下光る御苑をゆるり歩ます

1354 静言葉相聴きたまふ御夫妻よ清笑みたまふさへづりの声

1355 古への夜気よ法螺貝響もしぬ鶴発ちにけり涌き水澄まふ

1356 み闇深し灯りの御僧やはら入りぬ閼伽井の奥ゆ冱ゆる水音

1357 学舎を去らむ一人子(ひとりこ)赤き頬にほろり光れる珠零(たま)しけり

1358 堪(こら)へつつ心情(こころ)あふるる卒業子頬温かき一露(ひとつゆ)流る

1359 卒業子一人よ式ゆ放たれて輪に迎へらる雫となりぬ

1360 眼合はせず鏡に吐きし妬み恨み喜び笑ひ女(め)の床屋活(い)く

1361 歌声のわれて響けり古館(ふるたち)に和しゆく老ら初耀(うひかかや)けり

1362 恥ぢらひつまた御顔(みかほ)上げ清(さや)に唱ふさ緑光り映ゆる生命(いのち)ら

1363 唱声(うたごゑ)に和しゆく老ら同窓の生命(いのち)湧きけり若かりし如

1364 謳声(うたごゑ)や光り泳げる遺堂(ゆいだう)に活(い)き魚の如ゆれる老たち

1365 年寄りら諍ひ尽きぬ性根烈し集ひすこぶる生命(いのち)なりけり

1366 当番の民ら停まり藤棚の下処(しもか)は班の会(つどひ)となりぬ

1367 三度目(みたびめ)の代掻(しろか)き済みし水張れり早苗待つ間の光り弾けり

1368 明日香村わたる植代(うゑしろ)張りし水に甍(いらか)照らしつつ夕光り映ゆ

1369　緑そよゆれる早苗の波床（なみとこ）はほの暮れ蛙（かはづ）鳴き初め湧かむ

1370　桃霞む明日香の里は暮れゆかむ棚田一面（ひとも）に夕光（ゆふひかり）射す

1371　棚田廻（めぐ）る家灯り初む遠近（をちこち）にほの晏（く）れゆかむ飛鳥村里

1372　蛙声（かはづこゑ）天へ響けり苗田湖（なへたうみ）に月澄みゆけり明日香村かな

1373　風光る山谷抜けて仏すむ御堂（みだう）は緑（あを）し新若葉（にひわかば）映ゆ

1374　学窓の彩色（いろ）うつくしき陸島の天空（そら）わたりける大虹の映ゆ

1375　瀬戸の天空（そら）七彩（なないろ）の虹蓋（おほ）ひけり醒めたる如く皆窓に寄る

1376　大き虹よ海原（うみ）ゆみ天空（そら）へ山（やま）に円（まど）し滴る彩色（いろ）の夢今し見る

1377　難波江に遇ふ鳥離（か）るる鳥たちの群れ交ひわたる大虹の空

1378　厚雲（あつくも）の耐へ得ず激雨打ち駆けぬ土の匂へり光射し初む

1379　蓮ひらく池に交はる鯉と亀素知らぬ顔の生命（いのち）泳げり

1380　稲穂はや実りし光る簾家（すだれいへ）守らふ緑山（あをやま）み塔寺（たふてら）の見ゆ

1381 無人駅水の冷たさふるさとの風猛山への一道(ひとみち)歩む

1382 特攻隊兵皆弱冠の生命(いのち)なりし親族(うから)守らむ「母(かあ)さん」と叫び

1383 沖縄島洞(ほら)に御骨(みこつ)の御霊魂方(みたまがた)よ親族(うから)会はむと今し待つらむ

1384 はるけき島野山漂ふ御霊魂(みたま)人ら親族(うから)抱かむと直(ひた)願ふらむ

1385 青き天(そら)民ら活き乗る電車映ゆ鈴音(すずおと)さやに街町(まち)海辺(うみへ)往く

1386 閃光や浴みて起(た)ちける娘たち確(しか)と握りて被爆車踏みけむ

1387 陽炎や地獄の現実(うつつ)動き初めし路面電車よ爆心地往(ゆ)く

1388 しづけさよ黙禱わたる民の街み霊魂(たま)も添はむ電車止まれり

1389 労働着もんぺの内に手縫ひなる花模様着し被爆日の娘ら

1390 負けた負けた愕然と信じ難きも安らぎのありける民ら灯(あか)り幕解く

1391 大き炎小さき一灯(ひとひ)よ身罷れる人ら還(かへ)らむふるさと燈(とも)る

1392 一つ灯(とも)るまた一灯(ひとひ)つく静闇(しづやみ)にあの世この世の民ら通へり

1393 焼け荒れし国産土(くにうぶすな)にみ杜社(やしろ)よみ寺よよくぞ遺(のこ)りて在りける

1394 よろしき歌より新しき想は出でむよき歌の前直(なほ)に拝する

1395 親族(うから)さへ誰(た)そと分かぬも心の内嬉し楽しき憶(おも)ひ住みなむ

1396 御堂清ら民ら花物持ち寄りて懇ろ供ふ古仏(ふるほとけ)かな

1397 思ひつめし声に応(こた)へて語る声清水滴る僧院の奥

1398 足の運び笹の手ゆるり心懸けて幼き神子(みこ)ら直(なほ)に舞ひ継ぐ

1399 いとけなき巫子(みこ)ら赤らめ舞ひ純(す)める神微笑(ほほゑ)めり親族(うから)見守(まも)れり

1400 茄子猪胡瓜馬よと子ら孫ら拵へ供ふ祖(おや)添ふ如く

1401 台風の余波(なごり)天風(あまかぜ)冷(さや)わたる青空翔る白き大翼(おほよく)

1402 驚きぬ大き音せし嵐後(あらしあと)の溝の主(ぬし)鯉(こひ)息(いこ)ひ跳ねけり

1403 りんりんとひた恋ふ小羽根(こはね)震はせて生命(いのち)さながら鳴くや 蜩(ひぐらし)

1404 秋海棠茎根(くきね)たくまし緑葉(あをば)繁(しげ)し紅桃(あかもも)の珠(たま)柔(やは)に含(ふふ)めり

1405 伯父の供養済みける朝賜(あした)はりし光る新米伯母に送りぬ

1406 朝顔や好(よ)き句出来ぬと傍(そば)に添ひし天(あま)なる夫(つま)の面影降りぬ

1407 今朝光る町内テント植木市小さき秋桜終(つひ)にもらひぬ

1408 三(み)つの山和臥(なごふ)し澄まふまほらまよ文殊の御寺(みてら)秋桜ゆるる

1409 畑中に離れて穫(か)れる黙夫婦(もだふうふ)背中へ声の心情(こころ)通ひぬ

1410 溝一つありて一農虫を獲(と)る一農虫を護(まも)る性あり

1411 夜もすがら悩ませし蚊よ今朝光る眼(まなこ)見開き確(しか)と打ちけり

1412 滝の音大樹(おほじゅ)すむ月ふる森に孤鹿わたれり弥山(みせん)に我も

1413 稲田雨駈けぬ虹浮く神山ゆ精霊の如蜻蛉(あきつ)舞ひ降る

1414 光あふれ稲穂緑波(あをなみ)水源(みなもと)の青垣山ゆ蜻蛉(あきつ)舞ひ降る

1415 稲穂波そよ棚裾(たなすそ)へ農眺む明日香をちこち蜻蛉耀(あきつかかや)く

1416 光る礎(いし)は大き御跡(みあと)よ川野原明日香は円(まど)き天風(あまかぜ)わたる

1417 今朝寒し明けゆくまほら掛稲(かけいね)に繁しき露の光あふるる

1418 藁塚のにほひ並びぬ里守の春日原生林夕光る

1419 この度(たび)もまたしくじりぬ通らねばならぬ道あり性根据ゑゆかむ

1420 ゆくりなくハモニカの音(ね)や透(とほ)りけり夕暮城下拍手沸きたり

1421 ゆくりなく肩包まれし木犀の香に触るる如身の息逢ひぬ

1422 遺影なりし祖母の寝息を聴きし屋に安けき母の気息聴くなり

1423 母衣(ほろ)に抱かれ赤児は瞳周(まは)り遣(や)り母に戻りぬ母の眼(まなこ)よ

1424 山葵漬握り飯共零(ともこぼ)れけり鳩喰ひにけり辛き喉元

1425 ふるさとの店店(たなみせ)閉めぬあんぱんをいつも喰ひ居し子よ幸ならむ

1426 天皇皇后相(あひ)の御心情(みこころ)おもひ合ひて寄り添ひ語り歩み給へり

1427 光り浴みて相語(あひかた)り聴く御夫婦の瞳は遠く見つめ給へり

1428 ねぎらひは微笑(ほほゑ)みにあり陛下御夫婦深まりゆかむ紅黄葉(もみちは)光る

1429 情（こころ）通ふ片言交はす老（おい）の命幼き命抱きつ陽（ひ）を浴む

1430 老（おい）の命幼（をさな）命をゆらしつつ見つむる瞳情（こころ）あふるる

1431 星に空に土にもあらぬ祖母は今し遺影に壺に心（うち）にすむなり

1432 遺影なる祖母は今朝しも百寿（ももじゅ）越えぬあの世ゆ我ら見つむる如く

1433 婆（ばば）死なば後悔するぞと叱られし我は彼（か）の夜つれなかりけり

1434 祖母は我ら睦まじく食む姿見てうれしと笑まふ床居の祖母は

1435 腹に手を身重（みおも）なりしか婦人立ちて髪白き方（かた）に席譲りけり

1436 星降るや天つ嵐の災に耐へし我がふる里に生命（いのち）灯れり

1437 仰ぎ見れば晴るることあり俯きて見ゆるものあり天地心（てんちこころ）も

1438 群るること恥づかしけれど星の星座成すことありと老詩人言ひぬ

1439 優しさと純（す）みし心情（こころ）とをかしみと真実（まこと）よ励む子規躍如たり

1440 芭蕉翁孤独に生きて温かき交らひ切に己道往（おのみちゆ）きぬ

1441 あの世まで授かりし恩抱へむと懇ろ謝(わ)びつ芭蕉逝きけり

1442 佐保瀬(さほせ)渡り稗田(ひえだ)の杜(もり)へ下ッ道阿礼(あれ)も真備(まきび)も息進めけむ

1443 稗田路地抜けゆく鼻にほの触れし鍋の匂ひよ冬来たりけり

1444 水光る浮きつ寝(ひた)りつ乳白(ちちしろ)の漉和紙(すきわし)清き瀬の里人よ

1445 爺(ぢい)や一人離れ住みける此処(ここ)に立ちし幼き我に言葉なかりし

1446 離れ家に一人住まひし爺の背よ幼心に一生(ひとよ)おもひぬ

1447 泣き叫ぶ赤児の声よ車内わたる叶へられぬもひたに泣くらむ

1448 赤児泣く声響き請ふ烈しさよ命の魂(たま)ゆ泣き叫ぶなり

1449 赤児ひたに泣き叫びけりつと静にやがて笑まへり心根の奥

1450 この寒き日に洗濯よ掃除始む八十母(やそはは)天晴可惜(あたら)しと急(せ)く

1451 発つ際(きは)に強(こは)き言の葉吐きにける我見し母の顔裡(うち)にすむ

1452 安らぎぬ一人旅せし小(ち)さき孫は土産抱へて門に到りぬ

1453 冬路渡る帽子外套古鞄木枯し紋次郎に及ばぬ

1454 老人施設託児所充（み）ちむ様（さま）想ふ職無き老若数多（あまた）生（あ）りしよ

1455 幼子（をさなご）と年寄る方ら共にこそあらまほしけれ柔（やは）き陽（ひ）の輪に

1456 民ら家の食の炊煙眺め給ひ知ろし召しける仁徳（にんとく）の世は

1457 粗屋（そや）に大き住家（すみか）現はれ多き民ら集ひ憩ふを杜甫願ひけり

1458 白居易は労（いたづ）く民に心傷（いた）め憂ふる心意（こころ）世に発しけり

1459 我が袖の内に世の民おほはむと慈鎮和尚の心博（ひろ）さよ

1460 良寛詩厳しかりけり良寛の詩心（しこころ）の根よ頭（かうべ）打たるる

1461 命つなぎ一日（ひとひ）生きける人方（ひとかた）多し米に湯舟に蒲団におもほゆ

1462 夜な夜なに赤児の声や目覚めにし労の幸福柔（やは）に抱きけり

1463 鳥降りぬ二階しづけし召されける伯父還る如小春陽（こはるひ）の添ふ

1464 さへづりや小春陽窓（こはるひまど）に絵画見ゆ身罷れる伯父居たまふ如く

1465 身罷りし伯父抱へける一画一絵伯父来添（きそ）ひませ清光（さや）りたり

1466 召されゆかむ魂（たま）となりにし芙美子ゆゑ許し給へと川端先生

1467 天昇（あまのぼ）らむみ魂よ皆は許し給へと康成先生芙美子抱（つつ）みぬ

1468 夕星（ゆふづつ）や夕羽振（ゆふはふ）る海波（うみ）漁火（いさりび）の船に燈れる生命（いのち）活きゆく

1469 冬銀河天海（あまうみ）渡る有明の月に磨ける背山（せやま）浦里

1470 防人（さきもり）ら志士ら発ちけり天つ星月澄む浦に初光（しよくわう）映えゆく

1471 草萌えむ和山（なごやま）の空ほの明けぬ赤き新芽よ初光（はつひかり）射す

1472 若草の山上（やまへ）に初日昇りゆく和（なご）に生きむと初心（うひこころ）湧く

1473 古仏（ふるほとけ）まほら大岩明らみて昇る初日の光浴みゆく

1474 暁（あかとき）の寒きに発ちし労の人よ夜勤の人よ曙光浴み初む

1475 今朝清（さや）かひたに生きける生命（いのち）皆ねぎらふ如く初光（はつひかり）満つ

1476 天地（あめつち）は動き変はらぬ古石は確（しか）と据ゑけり今光りたり

1477 初光(はつひか)る高天原(たかまがはら)ゆ産地(うぶつち)の葦原中国(あしはらなかつくに)照り渡る

1478 朗朗と初歌(うひか)詠(うた)へり光る杜(もり)に童老(わらはおい)呼ぶ声の透(とほ)れり

1479 爺婆(ぢいばば)は孫の手結び堂に杜(もり)へ神も仏も路地にありけり

1480 爺婆(ぢいばば)も幼(をさな)も神にみ手打ちぬ辻の地蔵にしづ手合はしぬ

1481 今朝光る板間白足袋扇の手初声(はつこゑ)透(とほ)る静(しづ)歩み初む

1482 光り射す白息(しろいき)声や気の張れる内力(うちちから)湧く静(しづ)に舞ひ初む

1483 今朝冱ゆる静間(しづま)澄みゆく心気満ち滾(たぎ)る身揺れぬ朝稽古なり

1484 身の芯はゆれず天地(あめつち)想はせて自然(じねん)自由や半畳の舞

1485 血湧く身も心意(こころ)も一つ床柱型(とこはしらかた)に自在の舞姿あり

1486 今朝来たる小鳥昨日の鳥なれやたまゆら息(やす)め春日(はるひ)小枝(さえだ)に

1487 銀河滝奥つ山谷懐(ふところ)に宝積む如住家(すみか)灯れる

1488 大雪の降りてたまゆら吹雪やみぬ温(ぬく)め合ふ如灯る家寄る

1489 み雪ふるみ雪人形照らす灯(ひ)窓内(まどうち)に生命(いのち)の温かきかな

1490 風雨受けし山谷深き紀の里は今暁(あけ)光(ひか)る民起(た)ち上がる

1491 滝銀河ふる峰谷の紀の国は我が故郷よ風猛(ふうまう)に立つ

1492 月透(とほ)る軒家一路(ひとみち)一燈(ひとあか)り水音潜む文子(あやこ)天満宮(てんまんぐう)あり

1493 月の敷く下京夜路(よみち)しづまりぬ音に暁(あ)けゆく豆腐店(とうふみせ)の灯(ひ)

1494 腰据ゑて深めむも好し転転と渡らむも好し己(おの)漕ぎゆかむ

1495 天皇皇后微笑み会釈し給ひぬ国民(くにたみ)我ら和して迎へぬ

1496 こまやかに微笑み御手(おんて)振り給ふ陛下御夫妻民和みけり

1497 懇(ねもこ)ろに民に会ひ笑み往(ゆ)き給ふ天皇皇后皆目守(まも)らへり

1498 海風に綿雪舞へり凍土(いてつち)に水仙の珠含(ふふ)み咲き初む

1499 風花や晴るる天空(そら)舞ひ車椅子の方(かた)の掛衣(かけい)に着きて沈みぬ

1500 降る花に光そひゆくまほら野にあは雪つつむ蕗のたう萌ゆ

1501 明け初めて雪花やまぬ庭の野にむら消え光る蕗のたう起(た)つ

1502 さへづりや小枝(さえだ)初珠(うひたま)光弾け家人(やひと)犬覚め猫寝伸(ねこねの)び起(た)つ

1503 鳥の声静間(しづま)ましゆく光ありて爺婆(ぢいば)定刻今朝も目覚めぬ

1504 玉の春日犬看取りにし方(かた)は今日も小屋のみ花に触れつ語らふ

1505 ゆくりなく綿雪そそくみ頬たち温きみ情含(こころふふ)める子らよ

1506 天つ小雪舞ふ頬笑みゆ発たむ子ら瞳光りつ露ほろ零る

1507 天空ゆ光ほの射す温かき頬ら一露ぬぐへる子らよ

1508 ふり返り慣れしには見つ一礼し声さはやかに子ら離(か)れ往きぬ

1509 故郷に光りあふるる御霊魂方(みたまがた)よ今朝民待ちし新屋(にひや)開きぬ

1510 起(た)ち上がりし老若集ひ和みけり遺影の人よ店(たな)開きたり

1511 陸奥国(みちのく)に梅桃桜咲(ゑ)まひけり生きける面影ありありと映ゆ

1512 民守(たみも)らひし古樹(ふるき)に三つの春咲きぬあの世この世の民ら和会(なごあ)ふ

1513 生命（いのち）起こしこの奥里に着きいませし永六輔さん菩薩に想ほゆ

1514 米寿なりし伯母の祝ひと結（ゆ）へる朝伯母より重き手漬（てづけ）届きぬ

1515 母は我を我は母おもふ寝床にて目覚まし時計鳴る前に醒む

1516 爺婆（ぢいばば）と中に活きける幼孫（をさなまご）は土筆採り来し野の匂ふ台

1517 お人好し独り根無しと言はれし方（かた）花星思想語りてくれぬ

1518 世話焼きて失するのみの方なるも人世（ひとよ）の象徴（しるし）ほの語りけり

1519 信不信半信半疑浄不浄いづれもよしと法然上人

1520 聖武天皇皇后憶良家持（おくらやかもち）も情濃（こころこま）かに民愛しみぬ

1521 心博き皇（すめら）き方（かた）よ天空（あまそら）ゆ緑（あを）き 陵（みささぎ）見給ふらむか

1522 緑茂る御杜（みもり）天皇（すめらき）古ゆ民ら愛しみ民守（も）らふらむ

1523 お地蔵は今朝鮮（あたら）しき手縫ひ帽赤前布よ息災謝しぬ

1524 辻地蔵手縫ひ帽子に赤前垂れ今朝新たなり恙無（つつがな）き謝す

1525 ふる仏住まふ民らの微笑みよ相見る(あひみ)如く微笑みおはす

1526 響(とよ)めける此処(ここ)にもをりし皆の笑ひ得むとしくじるいちびりの子は

1527 無花果(いちじく)へ列の殿(しんがり)また一人貴殿で仕舞へば損と笑み合ふ

1528 じやがいもを腐らせけりと微笑みつ小(ち)さき皮むく背よ嫁にせむ

1529 夫(つま)の軀(むくろ)に添ひ啜り泣く妻に添ひ聴き明かしける親鸞上人

1530 親鸞は看取りし夫(つま)に臥す妻の悲涙の果ての笑みまで居(を)りぬ

1531 霊魂(たま)の夫(つま)に露の滴る妻の頬のほの微笑みに起(た)ちける上人

1532 会へる方に心遣りしつ笑まふ頬の雫の方よ情(こころ)悲しも

1533 微笑みと啜り泣きこそゆかしけれ八雲先生心情(こころ)親しき

1534 また来よと終笑(つひゑ)み言ひし祖母の顔さみしかりきと母ふと言ひぬ

1535 塗重箱(ぬりぢゆうばこ)今年使はず老いにける親族(うから)ら雑煮古味(ふるあぢ)に笑む

1536 甍門瓦格子(いらかもんかはらかうし)は光り初めて町映え民(たみ)ら賑はひゆけり

1537　小豆粥にほへる町家辻古りし顔ありなしの地蔵手合はす

1538　寒の入終時(つひじ)延べける献血車列ぶ人方(ひとかた)暖炉明るし

1539　大寒を控へし夕べ献血車時止めて待つ人ら静けし

1540　温かき濃き紅(くれなゐ)の湧き流る献血床に祖(おや)想ひけり

1541　献血を終へし息静(いきしづ)休らひぬ冬へ歩まむ人ら温(ぬく)きよ

1542　鮮(あたら)しき血湧く身外套しかと着ぬ寒風(さむかぜ)に発つ身の温もりよ

1543　大雪に志(こころざし)あり徒ら師らは心血(こころち)湧きて奮ひ踏み往く

1544　大寒や一虫(ひとむし)居(を)りし生きけりと見しが死にたるそと移しやる

1545　硝子(ガラス)戸(と)に爺の如我ありにけり師徒に見(まみ)えむ様(さま)正し往く

1546　子らの顔一人一人よ浮かみけり窓窓閑(しづ)に久(ひさ)の学舎

1547　音響(とよ)む下駄箱のふた旗波にふる学舎に冬風渡る

1548　しづけさや木の葉冬風門戸軋む学庭(がくには)独り久懐(ひさなつ)かしき

1549 初光(うひひか)る円(つぶ)らな瞳細き身の龍よ映えゆく玄関守れ

1550 ささやかな想ひ言の葉温(たづ)ねつつ調べ吟じつ思ひ涌き立つ

1551 歌繰りつ 橘 曙覧(たちばなのあけみ)ふと想ふ独り楽しも歌消しつ書く

1552 思ひ廻(めぐ)り案じつ心澄ましゆく終に直感歌しかと書く

1553 歌記しぬ心笑みしが虚(うつ)ろなる喜びなるか情(こころ)静めぬ

1554 歌仕上げぬほの満ちぬれどつれづれの慰めなるか歌眺め入る

1555 朝夜の床居(とこゐ)終日(ひねもす)暇(いとま)あれば歌思ひ繰る歌磨きゆく

1556 人情(ひとこころ) 風情(ふぜい)書(ふみ)歌句(うたく)に触れつ自づつたなき歌浮かみ書く

1557 初音聴く初心(うひこころ) 澄むゆくりなく想ひ授かる幸(さち)に歌萌ゆ

1558 色彩(いろ)好物供へ手合はす御墓(みはか)撫でつ人方(ひとかた)会ひける御霊魂(みたま)見ますか

1559 天つ御霊魂(みたま)おはすかおもふ冱(さ)ゆる朝雪花そそく珠含(たまふふ)み初む

1560 生きて生(あ)りし家族よおもふ温もりに含(ふふ)める梅のおもふ如咲(ゑ)む

1561 天皇皇后民ら御霊魂（みたま）ら直（なほ）思ほす八十路（やそぢ）労（いたつ）き赴き給ふ

1562 陛下御夫婦御身（おんみ）愛（いと）しみ温（あたた）めつ和まむ春ゆ御健やか願ふ

1563 うるはしく装ふ親に手指（てゆび）結（ゆ）はれ初徒（うひと）は眼（まなこ）揺れつ歩めり

1564 親触れつ坐り見つめつ諭しける和子（わこ）首肯ける瞳躍れる

1565 この部屋も生業（なりはひ）も共（とも）なりし方（かた）よ今訪（おとな）ひぬ身罷（みまか）れるなり

1566 この床に相語（あひかた）らひて笑まひける方の面影窓に桜樹

1567 桜花今年も咲きぬ紀州城祖母と浴みける花雪降らせ

1568 故郷は華やぎ匂ふ桜花祖母と踏み来し御寺（みてら）ゆ眺む

1569 一本（ひともと）の老（おい）の桜木民守（たみも）りし紀の川の瀬の耀（かかや）きに映ゆ

1570 好（よ）き人よ指輪無きよと弾みしが繰りし名簿に旧姓知りぬ

1571 さへづりや竹林映（は）ゆる土柔（やは）に掘りつ光りつ春笋（しゆんじゆん）起（た）ちぬ

1572 踏み沈む土柔撫（やはな）でつ掘り反（かへ）す白き光や筍起（た）ちぬ

1573 春陽(はるひ)透く竹林の野辺愛しみつ掘るや映(は)え起(た)つ筍の笑む

1574 葉枝(はえだ)光り猛節(たけふし)朝日滲(し)みゆける幹根(みきね)明らむ大樹(おほじゅ)映えゆかむ

1575 さへづりの生命(いのち)呼びける杜大樹(もりおほじゅ)まほらの里に祖(おや)の如立つ

1576 神仏(かみほとけ)おもほゆ古人(いにしへひと)の跡踏み締め辿る奥駈けの道

1577 み熊野の隈嵎(くまくま)の道険しくも笑まふみ仏(ほとけ)光透(とほ)れり

1578 霊気澄む深き熊野や懐(ふところ)に巨(おほ)き一本杉(ひともとすぎ)よ茂(も)り立つ

1579 九十九道(つづらみち)荷坂峠に光透(とほ)る古(いにしへ)ゆ霊魂(たま)添ひ歩みまさむ

1580 深山谷河(みやまたにかは)澄むみ原み鳥居そ耀(かかよ)ふみ神おはしますなり

1581 河清(さや)に真白(ましろ)き広(ひろ)き原光る大神(おほかみ)います大鳥居立つ

1582 大宮のみ跡清(さや)けし光ふる遠近(とほちか)き神見そなはすらむ

1583 神仏(かみほとけ)すみおはします和(なご)はしく大浄原(おほきよはら)に耀(ひか)り満ちけり

1584 天(あま)つ光わたる峰山谷河原み神清映(さやは)ゆみ熊野の里

1585 神仏古今も直に直に民たち参る大き懐

1586 樹林緑き陽や浴み登るゆくりなく天空へ佇つ大き海原

1587 峠抜けぬ浮くや天空わたりける耀く浄き広き海原

1588 光あふるる大海原よ今し眺む古民ら気息想へり

1589 天へ枝大太き幹猛き根よ大地摑む巨樹漲る

1590 白雨の烈しく駈けぬ陽の杜に涙涙巨樹生命潤ふ

1591 白雨往きぬ天光射す神杜に大樹耀く蟬の声湧く

1592 鳥ら集ふ霊魂ら添ふらむ神代の大樹張り立つ光抱きけり

1593 朱滴る夕陽残照浴み映ゆる大き掌の如神樹耀く

1594 静閑けさや天つ月星ふる下に地に大樹の生命棲みけり

1595 有明の月に清けきふる神の一本巨樹まほらに聳ゆ

1596 虫の声雲間晴れゆく杜大樹きらら滴る月涙の軀よ

1597 しめやかや障子開け見し軒の枝（え）に雫光れる月零れけり

1598 ふるさとは月澄み照らす明恵上人南方熊楠（みなかたくまぐす）眺めたる如

1599 今日出遇ふ生命（いのち）ら湯気と微笑（ほほゑ）みと声のもてなし心情（こころ）湧き満つ

1600 振ヶ瀬橋大門坂は光り澄む神仏木霊（こだま）生命（いのち）呼びけり

1601 海越えし方方（かたかた）住まひし民たちよ抱（いだ）かるる如光る故郷

1602 高野峰大雨駈けぬ山谷ゆ霧湧く彩色（いろ）の耀（かかや）き渡る

1603 己（おのれ） 負（お）ひ踏みつ登りぬ奥谷の神に会ひけり露の身（み） 心（こころ）

1604 峯風に鹿の音通ふ神山は紅葉（もみ）ち黄葉（もみ）ちぬ色彩（いろ）深みゆかむ

1605 秋風に夕紅黄葉（ゆふもみち）降る鹿の声山辺（やまへ）学舎徒ら駈け来たる

1606 今朝の光霧透く神の杜野辺（もりのへ）にひそめる鹿の柔鳴（やはな）き覚めぬ

1607 光透く寒気に藍（あゐ）のにほひ立つ白き息吐く民ら活き初む

1608 月冱ゆる響（とよ）む木材工場（もくざいこうば）灯る職人の眼よ身やこなし活く

1609 一つ灯(あか)り消えつ灯(とも)りつ抱きし夢あきらめつつもしかと生きゆく

1610 老の親と老の子今日は幸(さち)得けむやや上等の豆腐買ひけり

1611 窮(きは)まれる民らの暮らしその生命(いのち)憶良(おくら)かなしみまどひ詠みけり

1612 聖武天皇光明皇后吾子(あこ)の如国民(くにたみ)愛(めぐ)み抱き給ひけり

1613 慈しむ大き御仏(みほとけ) 生身(いきみ)かな不空羂索観音(ふくうけんさくくわんのん)見(まみ)ゆ

1614 一椀の湯気ほほ笑みのこまやかに情(こころ)かよひぬ一会(いちゑ)生命(いのち)よ

1615 能登の闇雪に灯りし旅籠屋(はたごや)は温かかりし休業中なりし

1616 煤の家にほの語る声 情(こころ)温(ぬく)き円居(まどゐ)耳寄す民ら和笑(なごゑ)む

1617 雪雫に桃珠(ももたま)含(ふふ)み咲(ゑ)まむ梅木下(こした)灯れる水仙笑(ゑ)まふ

1618 満ちあふれむ花は想はぬ枯木樹(かれきぎ)の姿ありけり鳥ら憩へり

1619 枯木うるはし青垣山のたたなづくまほら冬風介護車の往く

1620 初春の二日の光屈老(くつろう)の方(かた)よ常見(つねみ)ゆ荷物押し往く

1621　右方（みぎかた）は口滑らかに左方（ひだりかた）応（こた）へ上手よ老姉妹活く

1622　さへづりの生命（いのち）増しゆく枯木森に天つ風花光り澄みけり

1623　修二会行しづ進みゆく鹿の声ほのかに聴こゆ風花の舞ふ

1624　修二会僧籠り勤めむ静屋（しづや）奥ゆ幽（かそ）けき音のゆかし聴きけり

1625　修二会行冱（さ）えつ湧き立つ春の雲流れお遍路初踏（うひふ）み歩む

1626　鈴の音や御魂（みたま）なる人手作りし真心添ひぬ遍路初発（うひた）つ

1627　春霞晴れゆく生命（いのち）抱（つつ）みける青き山脈（やまなみ）光浴みゆく

1628　春にほふ美山（みやま）　陵（みささぎ）　神仏（かみほとけ）まほろま住まふ民ら耀（かかや）く

1629　春雫光る小枝（さえだ）に紅（くれなゐ）のみ珠（たま）含まむ授からむ日よ

1630　恩おもふ朝梅の枝（え）に清光（さやひか）るほの咲（ゑ）み初めむみ珠（たま）含めり

1631　卒業式一人俯き籠（こも）る子よ華やぎ外に何思ふらむ

1632　卒業会（ゑ）済みし学舎独りの背本（もと）より己が道歩み往かむ

1633 卒業子一人門過ぎはや去りゆく曇り光も闇も生きゆかむ

1634 紅梅の枝垂れ鈴咲(すずゑ)む貴殿(きどの)植ゑし街の高架に馥郁(ふくいく)と佇(た)つ

1635 色種(いろくさ)の梅枝(うめえ)梅枝(うめえ)の琴の径(みち)み城大跡(しろおほあと)芳香(かをり)流るる

1636 神祈りし保育の園(その)ゆ親子たち手結(てゆ)ひて往かむ仏生会かな

1637 清装に心緊(し)め弓想ひ往く青空翔る燕巣へ急(せ)く

1638 白き蒲団干しぬ花雪舞ひ着きぬ条里の森は花雲なりぬ

1639 花丘ゆ花波沢や家並(いへ)雪(そそ)くまほらまわたる花衣かも

1640 届かぬも思ひは温(あつ)し会(ゑ)に逢はぬ花も慎まし抱きつ帰らむ

1641 ほうほうと鳩鳴き呼ばふ古(いにしへ)ゆ条里の森に春雨の降る

1642 春の雨しの降る森にほふほふと鳩鳴き呼ばふ古魂(ふるたま)想ほゆ

1643 朝日浴みて田畑耕す民人(たみひと)ら連なる生命心情(いのちこころ)しおもほゆ

1644 早苗植うる民ら直面(ひたおも)光る水映ゆる古(いにしへ) 来む世おもへり

1645
緑(あを)き苗うるはしわたるまほらまよ青峰風に波光満つ

1646
さ緑の早苗田にほふ明日香村子ら歓びの声やわたれる

1647
蛙声(かはづこゑ)湧き響(とよ)みゆく天(そら)へ月星うつりゆく水田湖(みづたうみ)かな

1648
ふる神の御社(みやしろ)結(ゆ)はふ道の辺(へ)に津波絶えぬと民ら語らふ

1649
大津浪起(た)ち来し址(あと)や神結(ゆ)はふ見えぬ道あり波断(た)ちにけり

1650
村の民ら立ち働けり御寺講(みてらかう)集ふ信徒ら多し活きけり

1651
神仏(かみほとけ)史文(ふみふみ)抱きつ守(も)らふ民らいよよ結(ゆ)ひ合ひ直(なほ)生きゆかむ

1652
陸奥国(みちのく)の土地(つち)に住まはむ民たちよ心根深く絆強けれ

1653
産土(うぶすな)よ大浪延(は)ひし広原や御里山(みさとやま)上(へ)に虹渡りけり

1654
天皇皇后急(せ)き発(た)ち給ふ悲苦の民ら思ふ御情(みこころ)耐へかね給ひつ

1655
天皇皇后御心傷(おこころいた)め訪ね給ふ懇(ねもこ)ろ民ら案じ給ひつ

1656
陛下御夫婦齢(よはひ)の坂に遠近(をちこち)の陸島(くがしま)訪(と)ひて労(ねぎら)ひ給ふ

1657 天皇皇后生命(いのち)ありける海山の御霊魂(みたま)おもひて佇み給ふ

1658 天皇皇后み息ししかと見つめ給ふ労苦の民の励みなりけり

1659 労苦の業文史(わざふみし)継ぎける民たちよ陛下御夫婦おもひ給へり

1660 天皇皇后和笑(なごゑ)み尋ね給ひけり民らと共におはしましけり

1661 和やかに微笑み交はす父母(ちちはは)の吾子案じつつ見守る瞳

1662 笑み含(ふふ)み聴きつ話しつ父母の眼(まなこ)は直(ひた)に吾子見つめけり

1663 たまきはる生命若人(いのちわかうど)「母さん」と言はぬも心情(こころ)叫び逝かむや

1664 蓋(おほ)ひ取りつ明るき喜びいかなりけむ彼(か)の日ゆ祖(おや)ら生き歩み来し

1665 親族民(うからたみ)ら畳卓袱台(たたみちゃぶだい)ふりし家(や)に起(た)ち励み来し光仰ぎつ

1666 一つ家窓縁燈(まどえんとも)る生命(いのち)たち戦前戦中戦後今しも

1667 ほの匂ひほの明点(あかとも)る灯(ひ)の下(もと)に古(いにし)へ今も家族愛(かな)しき

1668 走馬燈の如く明るき家庭映ゆ独りのこの身人ら愛(いと)しも

1669 耀(かかや)ける御堂(みだう)御塔(みたふ)のうるはしく建てりける跡緑原(あをはら)にほふ

1670 和峰(なごみね)ゆ転風(まろかぜ)薫る山田寺の伽藍(がらん)在(あ)りける芝原耀(ひか)る

1671 飛ぶ鳥の明日香の里は緑緑(あをあを)し御跡(みあと)御址(みあと)に御魂(みたま)おもへり

1672 青き天(そら)明日香の里の丘に立つ青垣まほら光わたれり

1673 祖母の御骨(おこつ)御影(みえい)清めぬ縁開けつ部屋(へや)間(ま)に涼(すず)の風通りゆく

1674 遺骨よりも写真(うつし)に生命(いのち)おもふ人多き世か我双(なら)びに坐せり

1675 爺婆(ちぢばば)の肩越え生(お)ひむ幼孫(をさなまご)添ひつ手合はす緑耀(かかや)く

1676 湧く声や一喜一憂老若の輪投げなりけり天光(あまひかり)射(さ)す

1677 白き杖の方(かた)と静息(しづいき)共に待つこの一時(ひととき)に生(あ)れ来たりけり

1678 古丘(ふるをか)ゆ峰脈(みねなみ)聳え守(も)らふ里和美(なごうるは)しき山やまら見ゆ

1679 遠つ峰山たたなづくふる原の国安らけき山親(ちか)く臥(ふ)す

1680 丘森の影映ゆる溝うるはしき妙にゆかしき船の岩かな

1681 彩りの四面神獣ひそむ丘 古(いにしへ)今(いま)に天つ星降る

1682 天つ星棚田守(も)る民家(たみいへ)灯る月澄みわたる明日香村かな

1683 青天(あをそら)ゆ緑垣山(あをかきやま)ゆ和風(なごかぜ)に緑穂波浪(あをほなみなみ)わたるまほらま

1684 稲穂波耀(かかや)きにほふ神山ゆ蜻蛉(あきつ)舞ひ降る民活きわたる

1685 旅人(たびと)志士(しし)ら心し抱きつ眺めけむ瀬戸の民家(たみいへ)島海の映ゆ

1686 坂の町の造酒家(つくりさかや)は真耀(まかかや)く御蔵厨(みくらくりや)ゆ居間へ陽の照る

1687 白雨(はくう)過ぎぬ彩珠(いろたま)わたる秋の野に鳴き初め通ふ虫の音(ね)の澄む

1688 天つ空彩虹(いろにじ)わたる風涼し生命(いのち)ふるはす虫の声声

1689 雨晴れし耀(かがよ)ひゆるる虹の露に生命愛(いのちかな)しき虫たちの声

1690 虹映ゆる露けきまほら真耀(まかがや)く七彩(なないろ)わたる虫の声音(こゑね)よ

1691 虫たちの生命(いのち)の声ようつりゆく朝露夕影虹の地球に

1692 花火消えし戻れる静夜(しづよ)聴き初めむ鈴音(すずね)澄みゆく虫の声かな

1693 静(しづ)の夜(よ)や遠近(をちこち)響き澄みゆかむ月の友なる虫たちの声

1694 斑鳩(いかるが)や明日香よ太子道(たいしみち)の里耀(かかよ)ふ稲穂房波わたる

1695 さくさくとさやかにわたる鎌の音民ら活きける地天(つちあま)光る

1696 天(そら)高し稲刈済みしまほら原彩供物(いろくもつ)照る御地蔵住まふ

1697 ふる里のふる森のみち鳥に鹿なき人の影添ひぬ歩めり

1698 紅黄葉(もみち)降る鹿の音(ね)通ふ山辺径(やまへみち)面影人や添ひつ歩めり

1699 面影の人と歩める露紅黄葉(つゆもみち)の峰山今日も鹿の鳴くなり

1700 深紅黄葉(ふかもみち)燃え美しき峰山ゆ寒風送る鹿の声かな

1701 京の夜路町店(よみちまちたな)しづに閉ざしたる門院跡の天(そら)月の澄む

1702 災(さぎ)に遭ひぬ想ひの外(ほか)は我ら人間(ひと)の愚かさなるや心身(こころみ)据ゑむ

1703 冬風に天つ銀河の滴(したた)りの光降るふる冱(さ)ゆる古里

1704 清瀬川風吹き巡る丘の上(へ)ゆ和美(なごうるは)しきまほら耀(かかや)く

1705 青天(あをそら)へ蒲団据ゑ干す共寝しける祖母逝きし日の寒さ身に沁む

1706 飴舐(あめな)めて逝きにし伯父は明日(あす)を想ひ京都の雨は好しと言ひけり

1707 月冱(さ)ゆる冬集ひ来し我ら親族(うから)伯父の供養よ祖母の供養よ

1708 望(もち)の炊き湯気光る店民(たなたみ)ら集ふ塔の下町和(やは)に賑はふ

1709 あかぎれの御手(みて)よおもほゆ清掃の務めの方(かた)に艶(つや)し贈らむ

1710 今朝の冬笑み挨拶を日日交はす用務の方(かた)に温(ぬく)き贈らむ

1711 鬼やらひ独りいとなむ灯(ひ)の下(もと)に祖母父母(そぼちちはは)の遺影ありけり

1712 雛の如口元笑まふ女人たち高松塚の壁画清めぬ

1713 高松塚洞(ほら)に彩人(いろひと)笑まふらむ家(や)に清据(きよす)ゑし四人女(よにんめ)の映ゆ

1714 梅桃桜花咲(ゑ)みゆかむ両陛下は和笑(なごゑ)みまさむ迎へむ民に

1715 梅桃桜咲(ゑ)まむ春の陽(ひ)浴みむ子らよ和朗(なごほが)らかに好(よ)きに活(い)き生(あ)れ

1716 修二会僧影活き交はすしづやかに風花の舞ふ珠含(たまふふ)み初む

1717 萌黄草梅桃含（ふふ）む雛笑まふ修二会冱え湧く大和春かも

1718 水取りの音のかそけき太古闇（たいこやみ）に灯りの僧の生命（いのち）冱（さ）えけり

1719 響（とよ）みける御堂（みだう）身の韻（おと）読経声ほの灯（ひ）の闇に僧ら活きけり

1720 響もせる堂上（だうへ）打つ身や読経声み天（そら）へ地（つち）に僧祈りけり

1721 観音の御霊（みたま）明神御霊魂呼ばふ修二会行僧猛き烈しき

1722 観音菩薩産土（うぶすな）明神呼び起こす心身（こころみ）懸ける御僧ら熱し

1723 熱気沸く御僧ら祈り踏み廻（めぐ）る円居（まどゐ）の奥や観音おはす

1724 僧ら活きる奥や老僧ゆた祈るしのびておはす観音仏よ

1725 僧ら民ら生命（いのち）懇（ねもこ）ろ祈りける霊魂（たま）ら民らの生命（いのち）へ届け

1726 お遍路よ初踏（うひふ）み往（ゆ）かむあきつしま大和修二会に祈る民らも

1727 修二会行済みし御堂の天（そら）青し燕翔（かけ）急（せ）く大和閑（しづ）けし

1728 春の雪真白き初着（うひぎ）抱（つつ）まれし赤児よ神に安らけきかな

1729 深き海に温(ぬく)めし魂身(たまみ)ふる里の春沢光る鮎湧き上る

1730 天光(あまひか)る春告鳥のわたる里清鳴(さやな)る川瀬若鮎躍る

1731 光含(ふふ)み傷(いた)みし衣咲(ゑ)まひける梅一輪よ今ゆ相見む

1732 春霞二塔(ふたたふ)聳ゆ光る奥に一塔(ひとたふ)見ゆる絹の道映ゆ

1733 山霞む花含(ふふ)み咲(ゑ)む里の棚に落ち水音や生命(いのち)聴きけり

1734 泣きつ唱(うた)ふ声の流れよ澄みゆける心情(こころ)し今ゆ直(なほ)に遺(のこ)らむ

1735 蛍の光仰げば尊し調べ好し言の葉好けれ清(さや)に唱へり

1736 ピアノの音(ね)奏で終はりぬ清(さや)に和(やは)に満ちける気息温かきかな

1737 天空(あまそら)ゆ風花ちらほら舞ひ降りぬ学舎(まなびや)灯る暖炉明かるし

1738 親ら子ら師らふと黙す温(ぬく)き舎(や)よあかあか燈(とも)るしづ家(や)の如し

1739 瞳赤き鼻啜り頬擦(す)りなして互(かたみ)に触れる掌(て)よ沁みゆけり

1740 湧く声や学庭温(まなにはあつ)き子親師ら用務の方ら涙笑みけり

1741 初入(うひい)りし日も今日の如思ひあふる卒業の輪よ皆啜り笑む

1742 ほほ笑みの頬露光る顔の輪ゆふと抜け出(い)でし一人子(ひとりこ)のあり

1743 触れ合ひつ涙溢(こぼ)るる頬の輪を独り離れし子よ見つめけり

1744 暮れ残る学庭(まなには)の陽(ひ)よ皆往(ゆ)きしひろさしづけさ我眺めけり

1745 こまやかに心遣ひて温かき情(こころ)こもれる手文(てふみ)ありけり

1746 「もの言ひ」といふ言の葉そこまやかな情(こころ)ありける恩師おもほゆ

1747 「もつたいない」意(こころ)ゆかしき言の葉よ心照らしつ懇(ねもこ)ろ生きむ

1748 「開かれし豊(ゆた)の学舎(まなびや)」育まむ子ら守らむと外設(そとまう)けしぬ

1749 祖父母たち親たち撫でし黒髪の好(よ)ろしき子らよ染まらず生きよ

1750 蕨(わらび)　土筆(つくし)萌え光るらむ春発(た)たむ子らよ直(なほ)なほ好(よ)きに生きませ

1751 桜(さくら)　並樹(なみき)花よ降るふる溟(くら)き淀に銀(しろ)き橋辺(はしへ)に花舞ひ渡る

1752 花波のわたる弓橋(ゆみはし)照る花の並樹の道上(みちへ)花に花降る

1753 赤煉瓦(あかれんが)映ゆる淀河(よどがは)しづ進むポンポン船に花雪の降る

1754 桜波光る河橋くぐり往くゆた白船に花降り雪(そそ)ぐ

1755 陸奥国(みちのく)は澄む陽(ひ)の光る民ら映えて二宮仕法田(にのみやしほふた)へ水躍る

1756 故郷は知恵労(いたづ)きのわたる田へ光り弾(はじ)きつ水湧き走る

1757 焼野原(やけのはら)に稲苗生(は)えし希望(のぞみ)抱きて蜻蛉島民(あきつしまたみ)起ち上がりけり

1758 天皇皇后笑み添ひ眺め給ふ浜辺海原(はまへうなはら)青き富士の峰映ゆ

1759 白雪の耀(かかや)く富士の峰清(さや)に陛下御夫婦眺め給へり

1760 陛下御夫婦安らけくゆた歩みます浜海光る富士の峰見ゆ

1761 凪(な)ぎし海光る白砂(しろすな)歩み給ふ天皇皇后御心情(おこころ)おもほゆ

1762 思ほすや陛下御夫婦たまゆらにやすらひ給ひつ白き浜上(はまへ)に

1763 来し方や行く末添ひつ語られむ陛下御夫婦和笑(やはゑ)み給ふ

1764 天皇皇后励み給ひしつかの間の憩ひ安けくおはしましけり

1765 ゆた寝せし今朝の光に瑞歯含む（みづはぐ）生命（いのち）生きける親にうれしき

1766 うるはしく早苗まほらまさ緑のわたりゆきけるあきつしまかな

1767 山まほら海辺（うみへ）の棚田さ緑に染まりゆくらむ民祈るらむ

1768 にほひける緑田（あをた）わたれるふる神のみ山ゆ蜻蛉（あきつ）舞ひ降れるなり

1769 天山（そらやま）ゆ新葉（にひは）若葉（わかば）に風緑（あを）き葦原中（あしはらなか）つ瑞穂（みづほ）の国よ

1770 葦原（あしはら）の瑞穂（みづほ）の国は風薫る稲穂（いなほ）緑波（あをなみ）そよぎわたらむ

1771 今朝光る訪（と）ひ立つ人よほのにほふ採りけるままの筍抱けり

1772 今朝映えつ訪ひし笑顔よ抱（かか）へける筍香る露もきららに

1773 光浴みて笑顔包みし筍や抱きたるままに重きもらひぬ

1774 温（あつ）き人の掌（て）なる筍潤へる吾子の如くに抱きいただきぬ

1775 汗の笑顔運びてくれし筍よ露もろともに光りたりけり

1776 子育て中お静かにお願い致します駅舎（えき）に燕ら声透（とほ）りけり

1777 風薫る緑葉(あをば)岩谷(いはたに)涼鳴(すずな)りの沢澄む鮎に光清(さや)けし

1778 青き天緑(そらあを)き若草高円(たかまど)の山脈(やまなみ)和きまほらまに干す

1779 緑田波(あをたなみ)かをる風波わたりゆくまほらはるけき山峰聳ゆ

1780 風わたるまほら森杜(もりもり)新緑(にひみどり)さへづる巨樹(おほじゆ)大樹(おほじゆ)耀(かかや)く

1781 緑(あを)き里青き天空(あまそら)風ふふむ白鷺ゆたに舞ひわたるなり

1782 青天(あをそら)ゆ緑田水辺(あをたみづへ)へ光りつつ舞ひ降りし鷺しづ凜(りん)と竚(た)つ

1783 緑緑(あをあを)し生命(いのち)ゆらしつ風わたるまほらま広し白鷺光る

1784 至仏山青沼光る緑波(あをなみ)に黄花笑み揺る民和(たみなご)渡る

1785 真耀(まかがや)く白露ゆるる尾瀬ヶ原岳峰(たけみね)み天空(そら)虹映えわたる

1786 大地(おほつち)に猛き根の張る太き幹ゆ天へ枝伸ぶ巨樹(おほじゆ)守らふ

1787 祖母の墓清め供へつ手合はしぬ祖母の巾着ふとにほふなり

1788 祖母の墓ふり返りふり返り終(つひ)に見つ後(ゆり)も会はむと百合の花咲(ゑ)む

1789 祖母の盆灯（とも）しぬ月の澄みゆけり声音（こゑね）透（とほ）れる虫の鳴くなり

1790 白雨（はくう）駈けぬ珠（たま）ゆれ耀（ひか）る秋の野に響き透（とほ）れる虫たちの声

1791 秋草のまほらの野辺はほの暮れて虫音（むしね）澄みゆく月わたり初む

1792 尾花ゆれつ風ほの涼（すず）に鈴音（すずね）澄む虫の生命（いのち）に月光（つきひかり）映ゆ

1793 月映ゆる露の草上（くさへ）に奏でける弦（ゆみ）繰（く）る如く虫の羽根揺る

1794 一つ生命（いのち）群るる生命（いのち）よ古（いにしへ）ゆ月へ響けり虫虫の声

1795 ふる里は咲き実りけり天銀河（あまぎんが）月陽（つきひ）の光ふる仏たち

1796 大樹（おほじゅ）聳ゆ豊に彩色（いろいろ）実りける田畑まほらま地蔵守らふ

1797 天高（そらたか）しまほら転（まろ）ばむ屈み腰踏ん張る夫婦肥物（ひもつ）穫りけり

1798 香る色彩（いろ）の果物並ぶ店（たな）の奥に柱時計よみ仏（ほとけ）灯る

1799 かなしみのまさむ情（こころ）ゆ露の頬に面影人の柔（やは）に添ひなむ

1800 かなしみのましゆく情（こころ）こまやかに偲へる人の魂（たま）宿るらむ

1801 秋の瀬に産まれし珠（たま）の透き光る稚鮎（ちあゆ）結ひけりゆた急（せ）き往（ゆ）かむ

1802 朝夕陽（あさゆふひ）紅黄葉（もみち）山谷（やまたに）鳴る瀬河潜（くく）り去（い）にける斑鮎（はだらあゆ）かも

1803 竜田姫紅黄葉（もみち）装ふ佐保姫も互（かたみ）の胸へ錦遣りけり

1804 深紅黄葉（ふかもみち）照る山脈（やまなみ）や天風（あまかぜ）に耀（かかや）く錦まほらまわたる

1805 紅黄葉（もみち）さぶ山辺（やまへ）ゆ鹿の妻呼ばふ声響（とよ）み来る夫（つま）偲ふ身に

1806 子を思ふ短き手紙今着きぬ親のみ心情（こころ）あふれたりけり

1807 親の手の一筆一字（ひとふでいちじ）心情（こころ）かよふ文（ふみ）見る目子（めこ）よ一生（ひとよ）懐（つつ）まむ

1808 手書言（てふみこと）両手に受けし子は親を親は子思ふ闇も光も

1809 我はまさにでくのぼうなり活き生きる子や子の中よ育ちゆきけり

1810 鐘響（かねとよ）む民ら息会ひ直祈（なほいの）る神仏（かみほとけ）ふる和（なご）きまほらま

1811 淑気あり拍手響（とよ）む産土（うぶすな）の生命（いのち）ら初（うひ）に光り湧きゆく

1812 ふるみ神（かみ）み仏（ほとけ）み魂民（たまたみ）ら生命（いのち） 新（あたら） 清（さや）けし活き初めむかも

1813 冬海に珠(たま)の鮎たち群れ潜む遠き春里清瀬おもふや

1814 飼育人見学人らあから目もせず舐め愛よ親子パンダよ

1815 歌は心情(こころ)は歌に見つ磨く光澄みゆく今朝のさへづり

1816 初心(うひこころ)和笑み見つめ聴き語らふ日野原先生百寿活きます

1817 棟上(むねあ)げし新木家(にひきや)香る光り立つ親方指しぬ弟子見つ聴ける

1818 勉学を嫌ひし祖母は玉の陽(ひ)に唱歌うたひし声透(とほ)りけり

1819 天つ光り厩戸皇子(うまやとのみこ)生(あ)れ給ふ明日香の里は花にほひけり

1820 陽(ひ)の柔(やは)き彩萌野辺(いろもえのへ)に和咲(なごゑ)まふ尼さんたちよ菜草摘みけり

1821 光透く庫裏(くり)うるはしき尼僧たち恵み語りつ調(ととの)へゆけり

1822 春菜たち洗ひ切り入れ湯気にほふすみやかに活くみ手柔強(やはつよ)し

1823 物体無(もたいな)や魚菜(うをな)の生命(いのち)余すなくいただき活かす心ゆかしき

1824 尼僧たち和笑(なごゑ)みいます光る野に破籠(わりご)ときあふ指(おゆび)うれしさ

1825 こまやかな拵(こしら)へひらく尼僧たち「入られますか」と招きくれけり

1826 老若の尼僧ら朗ら花笑みて入りたまへと取り分けてくれぬ

1827 心して洗ひ水切り拭き仕舞ふ日日修行なり我ら生けるも

1828 阿修羅像うるはしかなし御頬(みほほ)撫でむ父母(ちちはは)恋ひつ待つらむ瞳

1829 吾子はかなしうつくしたけし阿修羅像抱(つつ)まむ情父母(こころちちはは)おもほゆ

1830 瞳見つ顔撫で細身(ほそみ)抱き寄せむ情(こころ)し父母(ふぼ)よ吾子阿修羅像

1831 情(こころ)あふれ両手に柔(やは)に抱(つつ)みまさむ父母(ちちはは)おもふ阿修羅愛しも

1832 瞳すむ頬やはに眉たけき顔ほそき手空(くう)へ阿修羅よ若し

1833 清光(さやひか)る阿修羅童子のしなやかにかなしくいます何見ますらむ

1834 照らひつつ二十五菩薩練り運ぶ中将姫のゆたゆれ耀(ひか)る

1835 娑婆堂ゆ浄土へ渡る廊光る菩薩寧上(ねいあ)ぐ小姫(こひめ)ゆかしき

1836 日の輪なる世にあらはるる来迎会仮も現(うつつ)や民和拝(なごをが)む

1837　信貴(しぎ)の峰見ゆる明神岳に立つ結ひ継ぎ通ふ太子道照る

1838　老若の遠近(をちこち)声やかよふ田に確指(しかさ)し植うるみ手柔強(てやはつよ)し

1839　まほらまは結一村(ゆひひとむら)となりにけりしづに植ゑゆく指(おゆび)光りつ

1840　緑若葉(あをわかば)白露光る蝸牛(かたつむり)頭眼(かしらめ)ふりつ明かるさ歩む

1841　雨晴れし光きららに露わたる紫陽花にほふ挨拶の道

1842　鳴き初めし蛙の声の湧きゆけり生駒嶺(いこまね)かなた雨迫り来む

1843　まほらまゆ蛙の声の響く天月澄みわたる水田湖(みづたうみ)かな

1844　長刀鉾(なぎなたほこ)先頭飾るうるはしく山車(だし)並び居(を)り京街(きやうまち)沸かむ

1845　囃子(はやし)の音(ね)練り合ひゆける山車たちは華やぎ揃ふ街路(みち)賑ははむ

1846　光弾く佐保瀬清(さや)鳴る石の上(へ)に白鷺ゆたに舞ひ降り竚(た)ちぬ

1847　天青し万緑の野に郎女(いらつめ)の詠みし姫百合ゆれ照り咲(ゑ)まふ

1848　天つ雨柔(やは)き白糸しめやかに蓮池に降るこのしづけさよ

1849 雨過ぎし天虹(あまにじ)わたる七彩(なないろ)の映ゆる池蓮露ゆれ耀(ひか)る

1850 天晴れぬ光射しゆく池蓮に白珠露(しらたまつゆ)の耀(かがよ)ひわたる

1851 蓮葉に渟(た)まる玉露古(いにしへ)ゆ風流(みやび)好き人清(さや)に詠みけり

1852 緑(あを)き葉に澄まふ玉水清(きよ)らけき月日の光映えつ移ろふ

1853 八人の姉妹に生(あ)れて家族負ひつ今日も働く蓮(れん)といふ人

1854 観覧車一期一会の思ひ出とならむ景色も揺れも秘密も

1855 しづかさや広き遊園閉ぢにける子供の我の居(ゐ)し椅子(ベンチ)見る

1856 大嶺やあきつ島国二分けつ光り清(さや)けき沢川流る

1857 暑さ寒さ春夏秋冬あきつしま伊能忠敬(いのうただたか)踏み歩みけり

1858 伊能忠敬晴雨寒温この陸(くが)を歩歩(ほほ)確かめつ証(あか)し往きけり

1859 志(こころざし) 日日に抱(いだ)きつ一歩一歩満ちゆきけりな忠敬さんよ

1860 意通(こころとほ)し人まとめゆく苦しみも楽しかりけむ忠敬さんよ

1861 日日の生命(いのち)終(つひ)の生命(いのち)と歩みゆくゆたに満ちゆく一生(ひとよ)ありけり

1862 生き直さむ思ひ萌しぬ幾度(いくたび)も生涯生きし人方(ひとかた)ありけり

1863 今朝の光新たに生命(いのち)起(た)ちゆかむ直(なほ)に好(よ)きこと向かひ初めむ

1864 青き天海原(そらうみはら)地球周(めぐ)り来し白き帆船(ほふね)よ迫りつ着きぬ

1865 天海原(あまうみはら)おほき地球の彩色(いろいろ)を白く渡りし帆船着きけり

1866 青き天(そら)青き海原(うみはら)真白き帆張れる大船うるはしきかな

1867 大坂城軍需工場大阪駅闇市あふれ民(たみ)ら生きけり

1868 焼煉瓦(やけれんが)生きける生命(いのち)民たちよ観音地蔵折鶴の房(ふさ)

1869 悲歓の声世の響(とよ)めきは静まりぬ夏天地(なつあまつち)に皆黙禱す

1870 夏盛る法要の家抜けし目に光る黒蝶会釈しつ舞ふ

1871 高野里僧父に一子(いっし)巡り会へし語りこもれる谷の堂あり

1872 比叡の山よ高野の峰よ朝夕に涼風(すずかぜ)わたる蜩(ひぐらし)の鳴く

1873 比叡の山高野の山や夏夕空明かるき夜飯僧俗の坐す

1874 明かるきに帰るは久し振りと言はれし教師のお顔夕陽（ゆふひ）照りけり

1875 うつくしき夕日染（し）みゆく二上（ふたかみ）の山うるはしき心情（こころ）おもほゆ

1876 蟬の声静にまた湧く声の波に響き音透（ねとほ）る虫の声かな

1877 蜩（ひぐらし）の声湧く夕（ゆふべ）ほの涼し澄み透りゆく虫の声声

1878 青き天緑（そらあを）き田の道園児らは蝶よ蜻蛉（とんぼ）と歓び歩む

1879 斑鳩（いかるが）は緑（あを）き稲原（いねはら）わたりける生命（いのち）歓ぶ子ら歩みけり

1880 緑稲波（あをいねなみ）さわくはるけき御塔（みたふ）見ゆ 古（いにしへ）今（いま）に風薫るなり

1881 緑稲原（あをいねはら）わたるまほらま青垣ゆ吹きまろびゆく風の道あり

1882 緑緑（あをあを）き湿原わたる釧路川きらめくかなた阿寒岳見ゆ

1883 阿寒岳夕映えし河ゆた流れ耀（かがよ）ひわたる釧路広原

1884 閑家（しづいへ）の庭に彩色（いろゑ）咲む恥ぢらひつ主（あるじ）笑まへり朝顔の花

1885 風雨打ちし溝面(みぞも)に上る音の泡主(ぬし)の大鯉息(やす)み居(を)るらむ

1886 豊真将継ぐ宇良たちもうつくしき礼姿ありかやうに生きむ

1887 真名仮名(まなかな)の華やか飾り名や連(つら)ね妙(たへ)なる遺品(いしな)光ほの映ゆ

1888 愛(め)で見つつ心し実用(まこともち)ゐける古人(いにしへひと)の御手(みて)おもふ品(しな)

1889 用の美と成らぬも慣れし古茶碗箸も湯呑(ゆのみ)もねもころ使ふ

1890 古書照らす手に触れ落ちし花栞(はなしをり)枯るるも生きる花茎(はなくき)の映ゆ

1891 稲妻の止(や)みつ響(とよ)みつしまらくは雲往く静に月夜なりけり

1892 農夫農婦穫り積み盛りし舟車(ふねくるま)押しゆく里に暮れ光満つ

1893 天つ空鳥鳴きわたる広田原農家耀(かがよ)ふ太子道映ゆ

1894 神皇(かみすめらき)御心(みこころ)情結(ゆ)ひて眺めけむ瑞穂国原豊実(みづほくにはらゆたみの)りけり

1895 古(いにしへ)の世代(よよ)の帝は国見(くにみ)せられ民(たみ)らの暮らし知ろし召しけり

1896 天皇(すめらき)たち眺められけむ民の様(さま)に応(こた)へ給ひて治(し)ろし召しけり

1897 仁徳(にんとく)の根の天皇(すめらき)は心情(こころ)豊に民らあまねく抱き給ひけり

1898 古(いにしへ)ゆ国民(くにたみ)守(も)らふ天皇(すめらき)たち博(ひろ)き情(なさけ)愛の御心(みこころ)根満ちけり

1899 天皇皇后民ら愛しみ慈しむ御心情(おこころ)抱きつ歩み給へり

1900 天皇皇后笑みつ手振りつ往き給ふ古里路(みち)の民ら沸き立つ

1901 陛下御夫婦和に笑まひつ往き給ふ夕陽(ゆふひ)浴み立つ民ら見守(みも)らふ

1902 老若の揃ひにはかに活気づく一会(いちゑ)の励みいよよ始まる

1903 笑まひつつ爺婆(ぢぢばば)嘆く憂し辛し痛し労(いたづ)き活きてありける

1904 爺婆(ぢぢばば)ら老も病もお迎へも豊笑み話す何時(いつ)死なむとも

1905 孫悟空の爺婆(ぢぢばば)朗ら笑み飛ばし活きける生命(いのち)死して驚かむ

1906 廃線の駅残りけり祖母と二人この夕暮れに汽車待ちし椅子

1907 怯(おび)えつつ機関車響(とよ)む音聴きつ祖母と待ち居し古郷の駅

1908 ゆくりなく汽笛(きてき)声響けば祖母と二人居(を)りし寂しさ温もりおもほゆ

1909 白き叔父見つめる我に叔母添ひて眠れる如よと啜りつ笑みぬ

1910 生ける我ら燈しに寄りて通夜の今し物食ひ居りぬ啜り泣きしつ

1911 古着一つ一つにほへり我の名を縫ひ込みくれし心情し母よ

1912 伯母も母も施設の伯父に父に運ぶ衣類道具に氏名書記しぬ

1913 生れし家憶ひ違ふも懐かしき心情あふるるなほ我が家かな

1914 犬にそひほほふれやはになでつつむ子らよ直なほままに生きませ

1915 その顔が入り来たれば安らけく和みにけりと皆おもひけり

1916 同じ様異様遅速の民ら今日も立ち喰ひの店人生ありけり

1917 今日も見る文字言の葉よ祖先たちの労苦格闘工夫の証しよ

1918 後一年耐へなば財益さむとも親ひた思ひ職退き移りぬ

1919 青き天光る珠実に鳥ら集ふ初の声こゑ子ら弾み来ぬ

1920 光澄む珠生ひ初むる枝森にゆられつゆるり赤児今来む

1921 さへづりや光あふるる古森にゆるりゆられつ眠り児よ来る

1922 清に鳴る春の風起つ河瀬澄む月光銀き若鮎上る

1923 さくらわたる滑り台より歓びの声透りけり新たなる子ら

1924 天皇は生き給ふ日日御胸深く尋ね思しつ歩みましけり

1925 あらまほしき姿求めむと天皇は御身に民に問ひ給ひけり

1926 真ならむ様は如何にや我ら民に考へ給へと陛下思さむ

1927 昭和天皇隠れし人の声求むと詠まれし御心情親しく思ほゆ

1928 天皇皇后今日も発ちまし御霊魂なる民らの土地に立ち給ひけり

1929 天皇皇后寒きに立ちて悲苦を生きる民らに傍ひておはしましけり

1930 陛下御夫婦老たち子たち慈しむ園の円ゐに恒和し給ふ

1931 陛下御夫婦聴きつ見給ふ手作りの品懐かしき頬笑み給ふ

1932 天皇皇后父母の如民ら皆慈しまれつ添ひ給ひけり

1933 古(いにしへ)ゆ天皇皇后吾子の如民ら愛しみ抱(つつ)みましけり

1934 天皇皇后ご慈愛給ひお健やかに安らけくこそおはしまさなむ

1935 鈴の音や御経呟く逆打(さかう)ちのお遍路白しかなしよあつし

1936 生命(いのち)湧くゆれゆるしかと段踏みつひたに険しき老(おい)の眼(まなこ)よ

1937 足廻(まは)し務めへ急(せ)かむ我の前に老や杖つきゆたに歩めり

1938 天空(そら)光る河辺(かはへ)菜の花声上げつ帽子児(こ)ら児(こ)らゆれつ歩めり

1939 青き空雲湧き立てる新緑の糺(ただす)の杜(もり)に馬駈ける音

1940 大災の址(あと)あらはなり六年(むとせ)過ぎぬ艶茄子(つやなす)育つ里に人生く

1941 天虹(あまにじ)や耀(ひか)る珠露(たまつゆ)ゆらひつつ明日香の里はしづに暮れゆく

1942 虹の橋遠つ山峰ふる里の葬(はふ)りし丘辺(をかへ)耀(ひか)り暮るらむ

1943 浮舟の恋情苦悩決意なし黒髪切りて清(さや)かなりけり

1944 直(なほ)に好(よ)き心のままよ長かりし黒髪切りて君は清けし

1945
天皇皇后歩ませ給ふ生（あ）りし日の生命（いのち）民たち常思ひ給ふ

1946
霊魂（たま）になりし民生ける民思ひ抱きつ天皇皇后尽くし給へり

1947
忘れてはならぬ日日あり人人と天皇皇后生き給ひける

1948
昭和の代（よ）不和ありし時生命（いのち）生きて悲惨の後は安けくあれかし

1949
見送りし親族（うから）よ終（つひ）の際（きは）ならむ天空（そら）青広き海原（うみ）耀（かかや）けり

1950
孫送りし久（ひさ）の別れか天空（そら）わたる海原（うみ）きらめきつ小（ち）さき船消ゆ

1951
孫は手を振りつ口結（くちゆ）ひ頷きつ乗り込みしより我ら見つむる

1952
振り返り振り返り孫乗り入りぬ後（うしろ）の灯窓（ひまど）孫の瞳よ

1953
遠暗き路（みち）へ往（ゆ）かむと発（た）ちしバス窓灯（まどひ）の孫の顔離（さか）りゆく

1954
幾度（いくたび）も手振りし孫よ乗せ発ちし遠道（とほみち）往かむバス見送りぬ

1955
心情（こころ）抱きて防人方（さきもりかた）ら別離（わか）れけむ難波（なには）の路（みち）ゆ甥発ちにけり

1956
古人（ふるひと）たち往きけむ暗き長途（ながと）かな労（いたつ）きける身（み）心情（こころ）おもほゆ

1957 海沿ひの暗きに灯(とも)る明かし路(みち)へ今甥往きぬ燈街(ひまち)にぎはふ

1958 明かしつつ渡る瀬戸橋照る朝日耀(ひか)る天空海原(そらうみ)甥眺むらむ

1959 響(とよ)む声語り語らふ婆婆たちは湯の沸く如く湧き立てるなり

1960 己がじし性性(さがさが)湧きつ婆婆たちは首肯(うなづ)き聴きつ発して止まぬ

1961 齢(よはひ) 重ね直(なほ)に煮え立つ生命(いのち)かな恨み妬みも活きる力よ

1962 老いていよよ熱き烈しき生命あり情根(こころね)強き真菅(ますげ)の如し

1963 爺爺婆婆(ぢぢばば)はつつむつつまぬ思ひかな恥ぢらひ怒り笑顔和顔も

1964 はげしき人しづかなる人ゆかしき人 魂(たましひ) 抱きつ陽(ひ)におはすなり

1965 喜傘米寿卒白百寿おはしけり息あたらしき御身御身(おんみおんみ)よ

1966 若き医師老い御手御頬(みてみほほ)やはつつむ言葉優しき心情(こころ)ふふめり

1967 陽(ひ)の円居(まとゐ)互(かたみ)に生命寿(いのちことほ)ぎぬ語らず語る翁媼(おうおう)たちよ

1968 踏み歩みし一生(ひとよ)豊けき爺爺婆婆(ぢぢばば)は今日も満ち足り和温(なごぬく)きかな

1969 彼岸にて覚めて己身(おのみ)を驚かむ此岸楽しき爺婆(ぢいば)活きけり

1970 夕茜空(ゆふあかねそら)眺めける古人(ふるひと)よ我か近人(ちかひと)写し撮るなり

1971 美しき彩夕空(いろゆふそら)よ故郷の親族(うから)の家窓(やまど)瞳映ゆらむ

1972 月清(さや)に虫の音透(とほ)る点字触れる指(おゆび)の方(かた)よ耳澄ますらむ

1973 虫の声澄む月光(つきかげ)に杖据ゑて今し御顔のひそ笑ますらむ

1974 彩色(いろいろ)の虫の声澄む月天心(つきてんしん)照らふ座頭のひたに聴きけむ

1975 現実世(うつつよ)の有漏無漏露(うろむろつゆ)の心清(こころさや)に天真独朗月(てんしんどくらうつき)の澄みけり

1976 しづけさに生命(いのち)の声よ一人独り月に磨ける身心(みこころ)のあり

1977 天銀河(あまぎんが)降る月光(つき)降るよ清(さや)けきに虫の澄む声わたるまほらま

1978 月照らす葦原わたる西行の訪(と)ひし江口の里(さと)の家(や)灯る

1979 鏡月照る大海(おほうみ)へ淀の河灯る船舟(ふねふね)鳴りわたりゆく

1980 蜩(ひぐらし)につぐ法師蟬鳴き初めぬ秋海棠の含(ふふ)み咲きけり

1981 真耀(まかかや)く稲房原よ豊実(ゆたみの)るまほら浪臥す風わたるなり

1982 活き弾む体操 曲音(きよくね)流れゆく大の連身(れんしん)光浴みけり

1983 片足で靴下はけると白霜母(はくさうぼ)転び笑まひつ八十路(やそぢ)活きけり

1984 天空(あまそら)ゆ光ふる森どんぐりを歓ぶ子らの声響(とよ)みけり

1985 木曜は雨降らむよし火曜の陽(ひ)森に団栗(どんぐり)歓ぶ子らよ

1986 どんぐりや歓ぶ児(こ)らの声透(とほ)る鳥らにぎはふ紅黄葉山(もみちやま)照る

1987 良寛さんおもひ詠みける栗の毬(いが)光り転(まろ)ふす野辺(のへ)に子ら活く

1988 丘めぐるたな田しづ家(いへ)木守柿あかき陽(ひ)に照る明日香村かな

1989 紅黄葉(もみちは)にみ山陵(やまみささき) 色彩(いろあや)に和はしくあり朝日夕日に

1990 朝夕に眺むるみ山丘しづに雨降り上がる霧まとひつつ

1991 心情(こころ)尽くし身を尽くし今焼かれける伯父の腰骨股骨(えうこつここつ)遺れる

1992 心身(こころみ)を労(いたづ)き逝きし伯父の骨腰股(えうこ)の型(かたち)しかとありけり

1993 父逝きぬ木物（こもの）作りしこの庭に紅（くれなゐ）深き一葉（ひとは）降るなり

1994 父母は吾子への驚き失望と怒りに叫びたき日ありけむ

1995 父母は我への情なき思ひ家庭（やには）に耐へし心ありけむ

1996 「お父さん、珈琲（コーヒー）やで」と母供へぬ笑み顔の父相見（あひみ）つめけり

1997 満中有（まんちゆうう）仕舞ひし母はしづやかに亡き父の影偲ひつ生きむ

1998 満中陰済みし朝（あした）よやうやくに身罷（みまか）りし人しづおもひゆかむ

1999 米寿思はぬ伯母は今朝しも足活（あしい）きて守（も）らふみ山（やま）へ速やかに発つ

2000 卒寿坂へ向かはむ伯母は山踏みてみ墓参りて蜜柑穫りけり

2001 蜜柑山米寿越えける伯母はままに歩み巡れり日の輪の中に

2002 米寿越えし伯母は次次蜜柑穫る択（えら）みつ分くよ日向（ひなた）に活きる

2003 大き急（せ）き耳に通れる伯母の声送りし物をあれこれと説（と）く

2004 しんがりを追ひつ駆けける祖母なりし天寿の幕も終（しま）ひに閉ぢぬ

2005 しんがりに引かれ走りし祖母ゆたに生命の鼓動しづに終ひぬ

2006 風猛山冬枯れゆかむ偲はゆる祖母の墓辺に雨降り初めぬ

2007 故郷は冬しづもりぬ偲はるる祖母の塚上に雨しのに降る

2008 ふる里は音しめやかに古人の偲ひし丘辺雨そ降るらむ

2009 やはらかに夜葉うつ音よ古る丘野田の面み址跡は細雨染むらむ

2010 冬の夜往く音聴けり古る丘ゆ眺めしみ里時雨降るらむ

2011 ほの暮れに歩み巡りし明日香村なほしづやかに夜雨降るらむ

2012 雨駈けぬ灯の二輛往く平郡里靄湧き上る遠近の峰

2013 鳴く鳥ら月光を渡れる影明に生命灯れる吉野村かな

2014 天銀河冱えしたたるや遠近にしづに眠れる民の村里

2015 天つ月星光降る風冱えて冬磨きけるみ吉野の里

2016 月銀河凍るみ天空ゆ舞ふみ雪花に風吹く跡址の原

2017 有明の月いよ清(さや)に星澄みて家明かりつつ民ら起(た)ち初む

2018 奥山ゆ明けの光の澄み透る今朝立ち活きる民ら耀(かかや)く

2019 吉野山み天空(そら)の太陽(たいひ)温(あたたか)き生命(いのち)かよはす民民(たみたみ)和し

2020 谷の村里(むら)灯(あか)り徹(とほ)れる窓窓に活きる民たち直(ひた)に紙漉く

2021 水光る機紙(はたかみ)ゆらし張る人の手指(てゆび)ゆかしき眼(まなこ)険しき

2022 天光(あまひか)る鏡となりし吉野川晒す真白き紙の清映(さやは)ゆ

2023 入試の日卒業式も雪なりぬ生(あ)れける命灯る窓かも

2024 鳴り光る宝の缶の袋しかと提げ往く人ら生きたまひけり

2025 冬風の道辺(みちへ)物求(と)め歩む人よ照千一隅生命(いのち)いませよ

2026 うるはしく干し物据ゑて天幕(テント)奥にしづに人たち住みいましけり

2027 青天(あをそら)へ含(ふふ)み咲(ゑ)みなむ珠(たま)の枝(え)にしづ鳴く鹿に風花の降る

2028 しづけさよ光人言(ひかりひとこと)絶えし闇に炎松明(ほむらたいまつ)ゆれ上りゆく

2029　炎籠（ほむらこ）のしづゆれ着きぬ堂の上（へ）に火の粉零（こぼ）しつ炎籠の舞ふ

2030　燃え盛る炎籠（ほむらこ）しづに速通（はやとほ）る堂へ民たち湧く声上げぬ

2031　炎籠（ほむらかご）はや馳せ往ける奥響（おくとよ）む床打ち走る音や響める

2032　炎籠（ほむらかご）馳せ廻りける廊の果て燃えつ崩れつ火の粉散り舞ふ

2033　大松明（おほたいまつ）往きし静堂（しづだう）奥灯る御僧（おそう）ら直（ひた）に祈り励まむ

2034　温（あつ）き息の籠り僧らよ烈しけれ男女（なんによ）らの眼（め）よ直見（ひたみ）つめけり

2035　千代（ちよ）燈る温き御堂のほの灯奥（ひおく）に見えぬ観音おはしましけり

2036　観音の御魂（みたま）よ僧ら民ら願ひ冱（さ）ゆる夜空ゆ世にわたり着け

2037　夜もすがら燈る御堂ゆ人ら多し休まぬ鹿らしづに見守（みも）らふ

2038　灯り道語り歩める人の群れ小鹿驚き見つむる瞳

2039　水取りの済みし青天初（あをそらうひ）鳴くやうぐひす憩ふ梅ほのにほふ

2040　耳遠（とほ）に物忘れするあはれ好し今朝のうぐひす初音うれしき

2041 耳遠き眼（まなこ）かすめる日日好けれ直（なほ）澄み透る声音（こゑね）聴きけり

2042 しづけさや澄みし光に咲きにほふ梅に清（さや）けきうぐひすの声

2043 きらめきつ涙溢るる瞳たちやがて頬笑む人輪（ひとわ）となりぬ

2044 ゆくりなく零れ流るる露の頬温き心根後（ゆり）も会ひなむ

2045 露拭ひ頬和（やは）笑みつ見つめ合ふ今しの顔よ心情（こころ）想はむ

2046 学舎（まなびや）や振り返りつつ歩む子らよ花含（ふふ）む樹（き）ゆ門ゆ発ちけり

2047 春の水つと飛び越えてピアノの音（ね）弾（はじ）ける如く子ら道へ発つ

2048 春の歩道和（なご）にわたりて慣れし階（はし）踏みゆける子ら光に発たむ

2049 天皇皇后寄り添ひ歩み給ひける道よおもほゆ陽（ひ）のまほら路（みち）

2050 陛下御夫婦互（かたみ）に歩み心情（こころ）遣（や）りて笑まふ民らの道往き給ふ

2051 天皇皇后八十路（やそぢ）の生命（いのち）生き給ふなほ慈しみまさむ民らも

2052 陛下御夫婦心情身（こころみ）尽くし励み給ふ後（のち）安らけくおはしませこそ

2053 陛下御夫婦懇(ねもこ)ろ励み給ひけり今ゆ安けくゆたに生(あ)りませ

2054 天皇皇后御身(おんみ)いたはり慈しみ生(あ)り給ふこそ民願ひけれ

2055 来む年は御身ねぎらひゆたゆるに天皇皇后おはしまさなむ

2056 今朝光る春水掬(はるみづすく)ふ吾子は清(さや)に弓秘むる如家庭(やには)発たむか

2057 花籠ゆ初透(うひす)く声よ恥ぢらひつ歓び会へり清装の子ら

2058 桜並木学舎へ今向き歩む老(おい)の初心よ胸躍りけり

2059 和笑みつ初(うひ)の挨拶してくれし朗らかな子ら後も会はむや

2060 吉野山民ら植ゑける桜咲く白き春風身心(みこころ)に浴む

2061 吉野山奥つ上峯(かみみね)花波の中下峰(なかしもみね)へ花の袖浪

2062 吉野山遠つ高嶺(たかね)ゆ花沢の峰峰廻(めぐ)る花の滝浪

2063 吉野山民ら懇(ねもこ)ろ手植(たう)ゑける桜桜の樹木守(きぎも)りゆかむ

2064 吉野山花は残れる若緑わたりしたたる緑(あを)照り映えむ

2065 迎へ遅き親を待ちける独り子よ人思ひ遣る心情（こころ）育たむ

2066 皆往きぬ親待ついつも独りの子さみしかなしもやさしく生きむ

2067 爺婆（ぢぢばば）や来てくれけるよ待ちし子は人に優しき心根秘めむ

2068 澄みし瞳険しき眉根柔き口思ひ想はる阿修羅よ会へり

2069 深き思ひ巡りつ包む若き顔阿修羅は初（うひ）に清（さや）けかりけり

2070 悲苦悩み憂ひ越えしも包みける阿修羅の御顔初に清けし

2071 耐へぬきし苦悶悲しみ憂ひ秘めつ清に阿修羅よ独り立つなり

2072 直（なほ）き顔猛き炎やしづ秘めむ苦患（くげん）くぐりし少年の顔

2073 阿修羅像なほに愛（かな）しき顔見給ふ天皇皇后御心情（みこころ）おもほゆ

2074 父母よおもひおもひて見給ひけむ愛（うつく）し愛（かな）し阿修羅像かな

2075 御霊魂方（みたまかた）往きわたるらむ青澄みし天空（そら）ゆまほらま御仏（みほとけ）見ますか

2076 海中（わたなか）に野土（のつち）にいます御霊（みたま）らよ天空（そら）舞ひ降りて阿修羅に来ませ

2077 若澄(わかす)みし御魂(みたま)となりし生命(いのち)たち今し阿修羅の頬に添ひませ

2078 しづけさに並びおはする仏たち扉(とびら)ゆ風や生息(いき)し訪(と)ひなむ

2079 吾子は誰(たれ)も思ひ抱きなむ子の親も闇に光に子を思ふなり

2080 生(あ)れし子は直(なほ)恋ひ恋ふる父母は吾子慈(うつく)しみ愛(かな)しがりけり

2081 吉野山紀の国遠し古(いにしへ)の人たちおもふ歩みけるかも

2082 妹背山(いもせやま)はるけき古道(こみち)直(なほ)往けり万葉人ら労(いたつ)きおもほゆ

2083 赤煉瓦焼け焦げて在り七十余年観音地蔵今日も向き会ふ

2084 遺りける跡し見つめつ歩む道町に民皆生きてありけり

2085 広島の館(やかた)遺れる由(よし)の根(ね)は被爆せし子の日記(にき)と知りけり

2086 千人針一縫ひ一縫ひ千羽鶴一折り一折り心情(こころ)入(い)りけり

2087 わたつみにやまにのはらにねむるらむみたまみそらゆまほらにきませ

2088 祖母と父の壺し清めてしづ供ふほのやはらかき月光(つき)射し初めぬ

2089 月光（つき）直（なほ）に下京の道ほの燈る文子（あやこ）天満宮の水音

2090 下京の夜路（よみち）しづけし　源　融（みなもとのとほる）住みける御門（みもん）月照る

2091 天つ月澄み照る雅（みや）び人詠（うた）ひ舞ひすさびける御跡（みあと）しづけし

2092 夜の雨宿に聴き居（を）り照り映えし吉野山里紅黄葉（もみち）濡るらむ

2093 夜半（よは）の雨庭葉（にはは）したたる三熊野ゆ吉野大峰深紅黄葉（ふかもみち）せむ

2094 白大根（しろだいこ）艶（つや）し真赤き木守柿明日香の里は照りつ暮れゆく

2095 大根（だいこ）畠（はた）陽（ひ）に照り映ゆる木守柿明日香の村は耀（かがよ）ひ暮るる

2096 丘の田に赤柿灯る家民（いへたみ）よ明日香村里あかあか暮るる

2097 えびす顔よろしよろしとお爺（ぢ）お婆（ば）は町店（まちや）にいます皆和みけり

2098 遠き町に独り住みける老いの方（かた）今日父の喪（も）に訪（たづ）ねくれけり

2099 妻看取り越しにし方や老いの身を今日父の喪に運びくれけり

2100 父の喪や奥方看取り往きし方深く老ゆるも訪（たづ）ねくれけり

2101 今日の喪に夫婦連れ添ひ支へ合ひ訪(おとな)ひくれし労(ねぎら)ひ迎ふ

2102 父の喪に遠き方より供物提げて懐かしき顔訪(おとな)ひくれぬ

2103 懐かしきお顔お顔よ抱へける温(ぬく)きお情(こころ)供へてくれぬ

2104 まれ人たち喪に訪(と)ひくれぬ家(や)に会ひぬ交はる心情(こころ)笑まふ遺影よ

2105 ささやかな和(なご)にぎはひに彼(か)の世なる祖母伯父父の来む居し間かな

2106 弔ひに訪(おとな)ひくれし方方やしかと見送る見ゆるかぎりは

2107 寒き風に弔ひくれし方方よ謝して見送るもとの身にして

2108 吉凶は年日(としひ)によらず行ひによると身にしむ親鸞遺影

2109 人世(ひとよ)生(あ)りて一つよき事ひどき目にあはされし猫解き放ちしよ

2110 冬の夜飼(こ)うてくれよと小猫見つめ寄り添ひ呱(な)きし美声(みこゑ)おもほゆ

2111 冬の灯(ひ)に一夜かぎりの箱と食(じき)与へし小猫ひたに喰ひけり

2112 生みの親と一度(ひとたび)会ひて灯る店にうつむきひたに食べし忘れず

2113 生みの親と会ひて別れしやうやくに独りの我となれりけるかな

2114 冬風に匂ふ灯店(ひたな)に祖母と二人すすりし蕎麦(そば)の温(ぬく)きおもほゆ

2115 祖母と二人ほの灯る屋に温かき一杯の蕎麦分けて食べけり

2116 添ひし人親(ちか)かりし人一会(いちゑ)人(ひと)会へざりし人偲ふ鐘の夜

2117 光りし人照らせし人ら直(ひた)に黙と生きける人らおもひほの明く

2118 天皇皇后光る縁(テラス)にあり給ふ和国民(なごくにたみ)の象徴(しるし)とおはす

2119 天皇皇后民たち共に生(あ)りて来し昭和初めゆ歩みゆかしき

2120 天皇皇后務め直尚(なほなほ)遂げ尽くさむ御心ばへよ民ら応(こた)へむ

2121 天皇皇后日日の御姿同じ齢(よはひ)生き来し民ら励みなりけり

2122 八十路母(やそぢはは)は墨が乾くと暖温(ぬくもり)に触れず坐れり身心(みこころ)の冱ゆ

2123 灯(ひ)の下(もと)に祖母は床起(とこた)ち眼指(めゆび)凝らし細かに縫うてくれ居し思ほゆ

2124 新建(にひた)ちぬ名残の址(あと)に温かき和(なご)にぎはひし我が店(たな)おもほゆ

2125 ストーブや囲み給食温めし教室の燈(ひ)よ友らよ我よ

2126 受験子に別れにかけむ言の葉を案じつ静(しづ)に暁(あけ)の雪降る

2127 「頑張つて親を楽にさせてやる」徒(と)らは目映ゆし我情(なさけ)なし

2128 見つくるや起(た)ち跳ね駈ける犬慕ひ寄り添ひくれし温(ぬく)さ瞳よ

2129 犬の友見えぬよ今日は寒けきに何処(いづこ)に居るや温籠(ぬくこも)れかし

2130 冬枯れしふる森のにはほの赤く含(ふふ)める珠(たま)に雨静(しづ)に降る

2131 人離(か)れし森の静枝(しづえ)に含み初めし珠の産毛に雨やはに降る

2132 異国(ことくに)の役者しほ泣く大和国(やまとくに)の古物語(ふるものがたり)男女(なんによ)の如く

2133 一期生命(いちごいのち)ゆた生きゆかむ道おもふ今しよく生く幸にこそあれ

2134 親も子も師友も出会ふ人と己(おの)に向き合ふ豊に一期生きゆく

2135 梅のみち白書(しろふみ)揺らく晶子(あきこ)先生詠(うた)ひます如(ごと)梅の枝(え)に鳴る

2136 紅桃(あかもも)の花よ咲きけりまた会へぬほのゆれ光る莟(ふふみ)愛しも

2137 おもかげの梅なつかしき咲(ゑ)まひけり会へる光に初清(うひさや)けしも

2138 紅冬至(こうとうじ)といふ梅咲けり今しまた会へる喜び共に生き初む

2139 一幹(ひともと)の古木(ふるき)しなやか冬咲ける白梅ことにうるはしきかな

2140 琴(こと)の林彩色(りんいろいろ)咲けり一本(ひともと)に面影の見ゆおもひ佇む

2141 白小(しろち)さき花また花よ古今集といふはにかみの花咲(はなゑ)みゆかし

2142 新た門決まれる人よ花の春職無き目には憂ひ顔なる

2143 阿修羅像こころに遺し往きにける泰吉(たいきち)さんよ天(あま)ゆ見まさむ

2144 憂ひ悩み清澄(さやす)むこころ含(ふふ)みけり阿修羅の御顔会ひ見つめけり

2145 寂しきか恋しきかいよ清(さや)かなり直見(ひたみ)つめけり阿修羅の瞳

2146 悲しきか苦しきかなほ頬笑むか包む健気さ阿修羅愛(いと)しも

2147 炎(ほむら)なるおもひつつみてなほ澄みししづけき阿修羅今し動かむ

2148 天皇皇后父母の御心情(みこころ)おもほゆる吾子よ愛(かな)しき阿修羅像かな

2149 御心（みこころ）にねびゆかむさまおもひつつ父母よ撫でけむ吾子阿修羅像

2150 生きてあればいかにかくしつ生（お）ひゆかむ吾子おもひけり阿修羅像かな

2151 阿修羅像語らぬおもひおもひ抱きて逢ひ見し人の心情（こころ）に添ひぬ

2152 阿修羅像孤（ひと）り寂しさ美（うるは）しさ会ひ重ねむよ親（ちか）く遠くも

2153 細きみ手しか和合（やはあ）はす後（あと）の手の空（くう）へ伸（の）し舞ふしなやかさかな

2154 新緑の万葉の丘ひそやかに郎女（いらつめ）詠みし姫百合咲（ゑ）まふ

2155 まほら緑（あを）き野に郎女（いらつめ）の心ひそに偲ひ詠む如姫百合ゆるる

2156 万緑の野に郎女（いらつめ）の心情（こころ）深く恋ひつ詠みける姫百合そ咲（ゑ）む

2157 緑（あを）き峰山（やま）透（とほ）る光のにはにふる閑（しづ）けきみ堂みほとけおはす

2158 樹木（きぎ）聳ゆ奥つしづ家（や）にほの笑まふみほとけみほほ葉の陽光（ひかり）添ふ

2159 みてあはせ往かむとみこしうかせたまふおんみやさしき菩薩ほの映ゆ

2160 みなともに往かむみこころふふみたまふおかほほの照る菩薩ゆかしき

2161 ともなひて往かむみこころかよひたまふ菩薩お二人なほにしづけし

2162 如来菩薩すまひたまへるみ家(や)の野辺(のへ)に笑まひをります小(ちひ)さ仏(ほとけ)よ

2163 緑(あを)光る奥つ山谷里の辺(へ)に和笑みいます仏たちかな

2164 光ふる谷原の里しづけきに藁家(わらや)ひそやか犬覚め起(た)ちぬ

2165 雅(みや)び音(ね)に子らの巫女たち清(さや)立(た)ちて笹振り舞へり親ら見守(まも)れり

2166 八少女(やをとめ)の舞ふ身心(みこころ)の白き百合ゆたしづにふるみ杜(もり)清(さや)けし

2167 家家の灯(とも)し消えにし和き山に灯り初めける大文字の火よ

2168 民(たみ)の家(や)の灯明(とうみやう)消えし深闇(みやみ)なる御魂(みたま)へ燃ゆる山の送り火

2169 新入の子によくせよと師に言はれひそ読み合ひし「泣いた赤鬼」

2170 目(め)指遣(ゆびや)り一針一糸懇(ねもこ)ろに縫ひける心情(こころ)親ら吾子らも

2171 青き天空(そら)まほら畠中(はたなか)老(おい)の腰しかと抜きけり土根(つちね)耀(かかや)く

2172 天澄みし山峰はるかまほらまに老農(おいのう)照らふ実り抱き穫る

2173 夕陽(ゆふひ)映ゆる露ゆれ耀(ひか)るまほら野にしづ鳴き初むる虫たちの声

2174 ほの明かるき天つ夕星(ゆふづつ)光る月照りゆく野辺に虫音(むしね)澄みゆく

2175 秋の野は花彩(はないろ)わたる虫の音の清(さや)にしづけし夕月夜かな

2176 秋草の花野にかよふ虫の声澄みゆく月の照らふふる里

2177 まほらまは秋の涼音(すずね)となりにけり清(さや)けき月のわたりゆくなり

2178 清(さや)に澄む月光(つき)ふるにはに羽根の生命(いのち)振るひ響かす虫の声かな

2179 天つ峰谷ゆ流るる沢光る斑(はだら)の鮎よ往く生命(いのち)かも

2180 ふる里は刈田水草照りわたるはるけき山の峰紅黄葉(もみち)映ゆ

2181 まほらまは凍田(いてた)枯野となりにけりはるけき神の山峰の照る

2182 枯田道へ嶺風通ふ雲分きて天光射(あまひかりさ)す父母見舞ふなり

2183 道時刻尋ね入りにし農家畠(のうかはた)の人指(ひとゆび)たけし陽(ひ)の明日香村

2184 深雪綿(みゆきわた)の村里(むらと)訪ふ僧よ家戸開きて民らしづ笑み包み渡しぬ

2185 鐘しづに有明の月いよ清(さや)に照らふ古里ふる行(ぎやう)始む

2186 新陽(あたらひ)や影向(やうがう)の松明かりゆく鹿ら人らよ初歩(うひあゆ)みゆく

2187 冱(さ)え凍(こほ)るまほらほの暮れほの闇に和山灯(なごやまとも)り結(ゆ)ひつ燃え初む

2188 ほの闇のまほらの里に風冱えてふる和山はしづに燃えゆく

2189 まほらまの古闇(いにしへやみ)に和山の炎(ほむら)わたれる風に立ちけり

2190 お山焼きの炎み闇に盛り立つ天つみ空へ赤赤と燃ゆ

2191 草芽(くさめ)萌えむみ山の野辺(のへ)に炎活く冱ゆる大和に春立つらしも

2192 受験子よ鉛筆消しゴムペンの芯(しん)余備忘るなよ時間余裕も

2193 学ぶこと苦く思へど心根の優しき子らよ直(なほ)に幸あれ

2194 炎仕舞ひ堂灯(だうひ)の闇に烈しけれ影僧ひたに修二会(しゆにゑ)きはまる

2195 堂の闇奥に灯火(ともしひ)ほのゆるる御僧おはする観音おもほゆ

2196 明け霞しづけきにはに柔鳴(やはな)きつ初覚(うひさ)めし如鹿の瞳よ

2197 霞透くふる森野辺に初光る世に覚めし如鹿見つ歩む

2198 春日野は霞わたりぬしづけさに夢見る如く鹿の歩めり

2199 天皇皇后温(あつ)き思ひの民たちに御心情(おこころ)深く添ひ給ひけり

2200 天皇皇后一人一人の民人(たみひと)と笑み言(こと)交はす御顔ゆかしき

2201 天皇皇后苦難生き来し民たちに御心情(みこころ)抱(つつ)み労(ねぎら)ひ給ふ

2202 陛下御夫婦と同じ齢の友の声鈴音(すずね)の如く奉仕語らふ

2203 声透(とほ)る八十路(やそぢ)の友は独り身に福祉活動好しと笑まひぬ

2204 朗らかな声懐かしき学友は齢の日日の励み語りぬ

2205 桜花風に雪波み城内(しろうち)ゆ外堀町(そとほりまち)へ花舞ひ降れり

2206 山脈(やまなみ)の高嶺ゆ花の雲わたる花雪波となる鳰(にほ)の湖(うみ)

2207 青垣の里は一年(ひととせ)めぐり来(き)ぬ早苗運べる水田耀(ひか)れり

2208 ふる神の峰山脈(みねやまなみ)は青霞み早苗指(さ)しゆくまほら緑(あを)初(そ)む

2209 神の峰山脈青しまほらまに苗植ゑゆける緑(あを)しわたらむ

2210 湿り雨往きぬ蛙(かはづ)の声やはに菖蒲(あやめ)にすがる月の白露

2211 風流心ある方愛(かため)でむ蓮葉(はちすは)に渟(た)まる白露清(すが)し耀(ひか)れり

2212 天つ虹ふりわたる如(ごと)清らなる珠露耀(たまつゆひか)る万葉の原

2213 御岳山(みたけやま)さ緑わたる奥つ嶺(ね)ゆ清鳴(さやな)る白き滝へ踏みゆく

2214 大山(おほやま)はゆるがぬ湧きし緑抱く飛沫(しぶき)激しき真白滝(ましろたき)かな

2215 青天空(あをそら)へ水躍り立ちなだれ落つ岩磐(いはいは)穿(うが)つ飛滝(ひたき)激しき

2216 天地(あまつち)や飛瀑(ひたき)激しき滾(たぎ)り落つ玉打ち走る滝や会ひけり

2217 青天空(あをそら)ゆ光わたれる緑岳(あをたけ)に清(さや)に真白(ましろ)し飛泉(ひせん)活きけり

2218 滝おもひ滝音聴きつ滝道に風や涼しき滝返り見つ

2219 岳巌(たけいは)ゆさ緑分きて清光(さやひか)る滾(たぎ)りしづけき飛滝(たき)や遠見ゆ

2220 清(さや)に澄む滝つ瀬鳴りつ流れゆく沢たつ魚ら鳥ら渡れり

2221 天風（あまかぜ）の山谷貫（ぬ）けし川波の隠れ瀬床（せとこ）に孕（はら）み魚棲む

2222 天（あま）ゆ澄む光流るる川合ひの瀬に隠（こも）り魚息（やす）む生命（いのち）よ

2223 紅黄葉（もみち）初めむ山谷清瀬川光る孕みつ往くや後（おく）れ魚かも

2224 耀（かかや）ける河ひろゆたに寄る淵（ふち）へ斑（はだれ）あはれの魚往きにけり

2225 風かよふ葦原光る河の瀬に透（とほ）る珠（たま）起つ稚魚瞳（ちうをひとみ）ら

2226 驚きぬ大音なりし溝深く大鯉息（やす）み棲みわたるらむ

2227 陽（ひ）の路（みち）ゆ届きし美箱上開（みはこうへあ）けつ香りよ艶（つや）よ桃実（もも）桃実（もも）のほほ

2228 あかねさす夕日染（し）みゆく二上（ふたかみ）の山うるはしく和親（なごちか）きかな

2229 ほの暮れしくち縄道（なはみち）にたもとほる齢（よはひ）の方（かた）の我に親しき

2230 暮れゆける愛染坂（あいぞめさか）に初会ひしゆかしき老（おい）の方と語らふ

2231 親族（うから）逝きぬ心遣らむと往く森に夕呼ぶ声や迷ひ鹿会ふ

2232 活きし親ら連れ歩きける野辺径（のへみち）に妻子（めこ）ら呼ばふや雄鹿（をしか）鳴くなり

2233 小牡鹿（さをしか）の恋ひ呼ぶ声や親（ちか）かりし人人（ひとひと）の顔（かほ）心情（こころ）しおもほゆ

2234 鹿らうから床（とこ）求め歩む遠近（をちこち）に連れ来し人ら面影おもほゆ

2235 鹿らしづに柔（やは）やすみゆく森野辺に後（おく）れ惑ふや鹿独り佇（た）つ

2236 神仏（かみほとけ）み魂（たま）おはする縁（よすが）なる人人会ひて歩みけるかも

2237 樹木（きぎ）も鹿も人もしづけき杜野辺（もりのへ）に神仏（かみほとけ）たち守りますらむ

2238 懐かしきお顔お顔に会ひけるよ憶（おも）ひ結（ゆ）ひゆく育ちける家

2239 放ちし家新たになりぬ他人（ひと）住めり掃きける石の間に小草生（お）ふ

2240 様態（さま）は人心は鬼や容姿（かたち）は鬼情（こころ）は人よ人間ありけり

2241 その顔が現はるるより和安（なごやす）く笑みになりぬと皆おもひけり

2242 その人に言へばよかりし声にならぬ言の葉今も心（うち）にすみけり

2243 言ひのみてしづ思（も）ひふふみ目守（まも）りたるみ顔頰笑（ゑ）みゆきしおもほゆ

2244 思ひ何か言はむと止（や）めて笑まひたる君の眼（まなこ）よ見つ夢覚めぬ

2245 亡き夫の息身よしかとおぼえけり闇の現実か迷ひつ覚めぬ

2246 生ける夫の身心添ひて触れし夢闇の現実にまさらざりけり

2247 此処より下建てるべからず刻碑あり知りつ海辺へ民ら住みけり

2248 蜜柑照る山の道上の日溜まりに親族のみ墓ひとつひとつよ

2249 今しまた会へし清めて手向け添ふ祖母やすむ此処小春日に澄む

2250 光ふる丘のみ墓辺しづ和に安けく坐す祖母らおもほゆ

2251 一人独り歩む道隅ほの灯る運命坐す占師読む

2252 冬樹立つ母の通ひし盲の方の施設よ灯る心情うれしさ

2253 光ありて気息冱え澄む八百万の神神おはします杜明け初めむ

2254 天皇皇后笑みつ御手振り立ち給ふ民らと共に光浴みます

2255 天皇皇后民たち共に初春の澄みし光に和におはする

2256 天皇皇后励み給へる平成の御代の光に民らとおはす

2257 一人老(ひとりおい)の相見(あひみ)る方(かた)よ眼凝らしつ恵方巻見つ置いて往にけり

2258 ほの明くる天(あま)ゆ小雪の花舞へり馴染みし子らよ緊め発ち往かむ

2259 光り初めて降り立つ庭のまだら雪(ゆき)に萌黄(もえき)ほつほつ蕗のたう起(た)つ

2260 明かり初めて光る泡雪ふる野辺に珠穂(たまほ)ほの咲(ゑ)む蕗のたう映ゆ

2261 炎(ほむら)籠(かご)しづはや走る廊奥ゆ響(とよ)み烈しき僧生命(いのち)打つ

2262 大松明果てにししづま灯る奥み音かそけし影御僧(かげおそう)かな

2263 大松明往きける御堂灯る闇にひそか御僧ら直祈(ひたいの)るらむ

2264 御僧たち坐りつ立ちつ廻る奥に灯る御僧よ観音おもほゆ

2265 生命(いのち)湧きつ厳しき修二会行ありしみ寺しづけし水垂るる音

2266 御水取終へしみ寺ゆ見はるかす天青き山み里にほへり

2267 草萌えむ山ゆ望める国原や古人(ふるひと)たちよ見けむ宜(よろ)しも

2268 見つめ合ふ瞳の泉溢れける玉露光る和き頬たち

2269 頬つつむ両手に温き露涙拭ひつ笑まふ子ら師ら親ら

2270 子ら師らよしづに相見(あひみ)る瞳らゆ頬に流るる清光る露

2271 子ら師らはみ心情(こころ)含(ふふ)む温もりのみ頬み露に春光(はるひかり)澄む

2272 温き頬光り零るる露露の浄(きよ)き心情(こころ)よ流らふ想ほゆ

2273 生命(いのち)集ふ心言の葉ふれ合へる温き一つの親族(うから)し思ほゆ

2274 温もりや子ら親ら師ら偲はえむ後(ゆり)ゆた広き道へ往かむも

2275 ほほ笑みつみ手振りし子らしなやかにみ門ゆ道へ春陽(はるひ)に往きぬ

2276 光る門ふる学舎へ歩みゆく身(み)心初(こころうひ)の燕翔(かけ)ゆく

2277 さへづりや弾むさ枝の珠含(たまふふ)む今朝新たなり学窓光る

2278 爺婆(ぢぢばば)ら孫ら親らよみ手合はすみ仏生まれ給ひし和会(なごゑ)

2279 爺婆(ぢいば)と子親(こおや)しづやかに後(のち)の食語らふ幸よ満ち桜降る

2280 咲き満ちて生命(いのち)降るふる桜花しづにはげしき白頭(はくとう)の活く

2281 青天(あをそら)へ咲き盛りたる桜花散りゆく命ゆたけく生きむ

2282 桜花満ち降りそそく生命(いのち)たちたまはりし幸おくらむ幸よ

2283 花雪の降れり祖母父母憩ひ浴みし森の光に園児ら来たる

2284 平成ゆ天皇(みかど)は御腰(みこし)するゑ給ひ早苗直見(ひたみ)つ指し植ゑ給ふ

2285 古(いにしへ)ゆかよふ御心(みこころ)平成の天皇(みかど)は春の苗植ゑ給ふ

2286 天皇皇后植ゑ見給へる戦(いくさ)果てし焼け国原(くにはら)に生(お)ひし苗らも

2287 美智子さま春陽(はるひ)の飼屋(かひや)お蚕の猛き愛しき生命(いのち)見給ふ

2288 さわさわとお蚕桑葉食(は)み活けり美智子さま笑み守り給へり

2289 天皇はみ稲皇后お蚕そ育み給ふみ国民(くにたみ)笑む

2290 種子(たねこ)らは苗子(なへこ)になりぬ障子床(しやうじとこ)に撫でられ照らふ新畑(にひはた)へ発つ

2291 苗子たちはや早苗なり籠床(かごとこ)ゆ心遣られつ春田に立ちぬ

2292 仏守(も)る緑(あを)き苗原はろはろと匂ふまほらま風渡りゆく

2293 偲ひつつ偲ひに耐へぬ思ひ抱きて蔵(かく)し給ひし正倉の品(しな)

2294 夫(つま)おもふおもひあふれて遺(ゆい)の品(しな)手放し給ひし御情(おこころ)おもほゆ

2295 おもひけるおもひ耐へえぬ御情(みこころ)ゆ民に給ひし御品(みしな)耀(かかや)く

2296 阿修羅像猛き険しき細やかな清(さや)けき心今し会ひけり

2297 強き心柔(やは)き情(こころ)よ阿修羅顔しづ見つめけり我見つめけり

2298 若き性(さが)の無垢なやさしさ直(なほ)きこころおもひ黙しつ阿修羅と佇(た)てり

2299 勇ましき怒り烈しき心情(こころ)秘めむ阿修羅ほの笑む脣(くちびる)の息

2300 炎(ほむら)なる闘ひ抜けし赤き頬ほのほほゑむや阿修羅像立つ

2301 生命(いのち)燃やし活き果てにける阿修羅子(あしゅらこ)よ御魂(みたま)磨きて甦りけり

2302 ひた思ひしかみ掌(て)合はす阿修羅像なほに見つむる澄みし瞳よ

2303 たらちねの母の御情(みこころ)おもふらむ直(なほ)に愛(かな)しき阿修羅顔かな

2304 足乳根の母に抱かれむ情(こころ)秘めつ独り立ちける阿修羅像かな

2305 阿修羅像こころこころにおもひつつ相逢ひし人なほ会ひに来む

2306 緑葉なる初瀬のみ山み仏よ新光し浴みゆき給ふ

2307 観音のおほきみすがたみこころに拝伏しいます人よゆかしき

2308 光る若葉緑葉にこもる仏たち女人高野に生命湧きゆく

2309 天地や青きみ空へ岩の根ゆ湧き躍り立つ白き飛滝かな

2310 鳥わたる深山峰谷湧き活きる生命ゆらしつ滝や流るる

2311 御嶽山緑緑深き谷原や清に響みつ清滝走る

2312 山脈は緑わたれる多峰ゆ分きて激しき白滝活きる

2313 多峰み吉野山へ緑湧く水音清しき宮滝流る

2314 み吉野のみ山坂道せせらぎの清鳴る音や宮滝そ澄む

2315 涼風や石坂道に瀬音澄む朝日夕日の観音仏

2316 青天や和臥す山ゆ風薫る緑わたれる明日香村かな

2317 風光る緑(あを)きまほらま古(いにしへ)ゆみ寺うるはし青天(あをそら)に映ゆ

2318 天皇皇后なほ直(なほ)民ら御霊(みたま)たちに対(むか)ひまさむと地(つち)踏み給へり

2319 天皇皇后添ひ見給へるみ国原焼けにし蹟(あと)に生きける民ら

2320 天皇皇后陸(くが)に海辺(うみへ)へ黙礼(れい)し給ふ御霊(みたま)なる方方(かたかた)し見ゆらむ

2321 原爆忌清水(しみづ)供ふる終戦日み霊魂(たま)火(ひ)灯す地蔵守(も)る民

2322 焼け原に生命(いのち)生(お)ひける早苗らに民ら皆覚め起(た)ち上がりけり

2323 址蹟(あとあと)によろめき活きし葦原の瑞穂の民ら甦りけり

2324 稲原に雨そそきける守(も)る山上(やまへ)雲分き光る天(あま)つ虹見ゆ

2325 まほらまに雨さや降りぬ露わたる生命(いのち)耀(かかよ)ふ虹映りゆく

2326 陽(ひ)の朝(あした)草刈る音や草匂ふ息身(いきみ)ほてりぬ蟬らいよ湧く

2327 もうちよつとや声よ汗散る草刈の音響(とよ)むなへさやかなりゆく

2328 温(あつ)き玉の汗したたりし刈り道具拭(ぬぐ)へる野辺はさやかになりぬ

2329 蟬映ゆる草枝刈りし野辺原に身にさや風や極楽ゆ吹く

2330 魂(たま)つ命直生(ひたい)き一世(ひとよ)尽くしける死蟬(しにせみ)います野辺(のへ)に息(やす)ます

2331 天(あま)ゆ雨降る山谷に登り来ぬ此処(ここ)よみ地(つち)にみ魂坐(いま)する

2332 み標(しるし)よ会へける親族(うから)直目守(ひたまも)る山樹谷野に雨しきり降る

2333 み魂坐さむみ標み地ひざまづく親族よみ魂人見えつらむ

2334 訪(と)ひけるよ魂おもふ方方たちよ供へ手合はす魂人坐す

2335 魂人(たまひと)たち眠れるみ塚しづやかに親族見守(うからみも)らふ今し会へけり

2336 おもひ着きぬみ塚ぬぐひてなでさする「会ひに来ました」心情(こころ)あふるる

2337 お顔写真(うつし)触れ撫でおもふ情身(こころみ)に傍(そ)ひていまさむみ魂たちかも

2338 親族たち清め目守(まも)らひ供へける色彩(いろ)うつくしきみ塚み魂よ

2339 好みし物好まむ物よ塚上空(つかへそら)ゆみ魂ふる如鳥鳴き渡る

2340 雨濡(そぼ)つ野地(のつち)に並ぶみ塚群に寄り添ひ居(ゐ)ます親族(うから)よ去らぬ

2341 天つ空仰ぎて向かふみ塚らゆみ魂ら風に乗りて在（いま）すか

2342 面影たち俤（おもかげ）たちよ映ろはむ瞳頬たちみ魂たち添ふ

2343 雨止みぬ天ゆ光の射し透るみ露み塚らみ魂たち映ゆ

2344 み塚清め塚辺（つかへ）掃（はら）ひぬ見つめける会はむみ心情（こころ）ふり返り往（い）ぬ

2345 かなしみの深き抱（つつ）める後背（うしろせ）よ往（ゆ）かむ親族（うから）ら塚ら見守（みも）らふ

2346 ふり返り拝みつ往ける親族（うから）たちの後背（うしろせ）目守（まも）るみ魂たちかも

2347 み魂たちなほにいまする山谷はしづ色（いろ）彩映えて光り透れり

2348 深山道（みやまみち）おもひ踏み往く親族たち天ゆ光のゆれそそくなり

2349 み心情（こころ）に玉つ生命（いのち）らすまひける愛（かな）しみ偲（しの）ひ懐（おも）ひ歩まむ

2350 懐かしき声よ直聴（なほき）く連れ合ひに後（おく）れし方（かた）の語りしづけし

2351 奥つ里の如来菩薩に会ひいませし永六輔さんおもひましけむ

2352 灯（ひ）ともして別れの言葉交はさずに離（か）れにし人らおもふ我が民

2353 盆燈籠灯し回れる色彩を供へつ豊に親族おもほゆ

2354 今宵民らみ手柔合はせほの灯消すみ山送り火しづにおもひつ

2355 民ら皆家のみ魂灯やは消しぬ民ら励むや山灯り待つ

2356 家家は灯り消しにし民ら闇に黙し見守らふ大文字の灯よ

2357 み霊み魂今おもほゆる民ら民ら守り継ぎける大文字の燃ゆ

2358 かの日その日生命送りし民ら生きて心身尽くし守らふ炎の立つ

2359 面影もみ魂もかへりいますらむ民らの瞳灯る火の映ゆ

2360 み山灯の文字消えゆける遠近の迎へ送り火み魂人らよ

2361 街の谷住まふ民らよ家辻に灯るみ堂にみ仏守らへり

2362 月澄みぬ民ら家町灯の堂に地蔵よ老若和にやさしき

2363 鹿の声虫の音人らしづけさの生命ゆかしき魂ら聴くらむ

2364 み魂たち迎へ送りし独り居の我にかよへる鹿虫の声

2365 山風に木の葉舞ひ降る月光(つきひかり)澄みゆくなへに鹿鳴きわたる

2366 みほとけの田みち目守(まも)らふふる里は秋の野の花咲(ゑ)みゆれ光る

2367 秋の野の色花(いろはな)咲(ゑ)まふまほらまに住まふみ仏布(ぬの)し新し

2368 里の秋草花照らふ彩色(いろいろ)の生命(いのち)の実り供へし仏

2369 夕されば秋草ゆらす虫の声生命愛(いのちかな)しむ八雲(ハーン)の書(ふみ)よ

2370 月照らす大樹(おほじゆ)住むには虫の声かよふ機関車居(を)るや活きけり

2371 機関車は座る大樹は守(も)るにはに虫音(むしね)は冱(さ)ゆる月光そ降る

2372 しづかさよ閉ぢし館(やかた)のにはの屋(や)に機関車在(あ)りし鉄路光れり

2373 楽(がく)鳴りて小旗(こはた)連なる保育園子ら親ら士ら励ましつ沸く

2374 爺婆(ぢいば)と孫み仏拭ひ初実る稲穂供へぬみ手合はせけり

2375 ふる里は刈田はろはろ照り映ゆる稲架(はざ)うるはしく農仕舞ひけり

2376 七草の花色彩(はないろ)ゆれる虫の声澄みゆく月に照らふふる里

2377 ゆれ光る玉露まとふ色彩野辺（いろのへ）に夕陽（ゆふひ）映えゆくみ頬み仏

2378 月の澄む露しぐれ野に虫の声かそけくなりぬ秋深みゆく

2379 天皇皇后民の営み見つめ給ひ民の心身（こころみ）気遣はれ給ふ

2380 民ら手品（てしな）しか見つめ問ひ聴き給ふ天皇皇后御頬（みほほ）照りけり

2381 扉開きし光射しゆく千一体千手観音耀（かがよ）ひ給ふ

2382 千一身観音菩薩しづやかに透（とほ）る光におはしましけり

2383 笑まひけるみ仏います今し会へる木喰仏（もくじきほとけ）笑まひゆたけし

2384 ほほゑみて見つめおはするみほとけは語らぬ笑まひ心なでける

2385 みこころゆほほゑみ湧ける木喰のみほとけ民ら心笑まする

2386 ゆた笑まふみほとけたちよ村里の民らの心（うち）にすみたまふなり

2387 目口鼻頬身や円（まと）か活き黙すみ仏たちよ民ら語らふ

2388 一人笑まふ並びて笑まふみ仏よ村里の民民ら守らふ

2389 木喰の上人一生(ひとよ)励みけるみほとけたちよ生きわたりけり

2390 小牡鹿(さをしか)の入る野辺(のへ)歩み語らひし俤(おもかげ)にふる夕紅黄葉(ゆふもみち)かな

2391 紅黄葉(もみち)照る泊瀬(はつせ)のみ寺み仏に明かき夕への光染(し)みゆく

2392 みほとけのほほゑむみほほそへたまふおよびかそけき光しみゆく

2393 みほとけのほのほほゑみのほほにそふおよびのさきにほの光はゆ

2394 ほのゑまひしづおはしますみほとけに逢へる人方(ひとかた)なにおもふらむ

2395 うつくしみゑみおはしますみほとけに一人孤(ひとりひと)りの心(うち)むかひけり

2396 みほとけはかなしみゆたにおはします生きとし生けるものつつみまさむ

2397 みほとけはかなしみふかくみたまへり我らの心(うち)の仏そとめむ

2398 こころすましつひそながむるみほとけはしづほのゑまひみそなひたまふ

2399 みほとけよ立ち返り見るみほとけはなほほの光りおはしましけり

2400 残り紅葉(もみち)照れる祖母父母生(あ)りし日よ終(つひ)の住処(すみか)は仮の住処に

2401 み心情に急かれ引かれつ老いの身を奮ひ冬喪に訪ねくれけり

2402 今日の喪に遠つ方より老いの身を運びくれけるみ情の沁む

2403 明けし後も思ひ抱かれむ方方の背背見送りぬ遺影守らへり

2404 白杖の方は遠見る添ふ犬のみ息み心しづ聴こえけり

2405 白き杖の方方通ひける道上灯る窓舎へ母歩みけり

2406 盲の方ら母ら寄り添ひ語らひしふる舎灯りつしづやかに活く

2407 皇后さまみこゑ初めます子守唄子ら直に聴く心澄ましつ

2408 美智子さましづにゆりかごねんねこよ歌ひ給へり子らの瞳ら

2409 天皇さま指ほのゆらし聴き給ふしづ歌ひます妻のみ声よ

2410 純みし眼の子らに皇后歌ひます天皇しづに思ひ給ふらむ

2411 美智子さまの子らに贈れる歌声に天皇あひ添ひほの笑み給へり

2412 子らに歌ふ皇后さまの声清に子らと天皇聴き給ひけり

2413 陛下御夫妻と会ひ語りける後(ゆり)の世に生き歩みゆかむ子らに遺(のこ)らむ

2414 冷ゆる風み森ゆ道へひらかさと落葉深し枝ゆれ葉濃し

2415 故郷の駅舎明かるき書読(ふみよみ)の部屋うるはしく人ら待ちけり

2416 里の駅温(ぬく)さ籠(こも)れる待合の書(ふみ)の小部屋に読み合へる子ら

2417 ふる駅に灯る文庫よ若かりし我らたまゆらひた読み居(を)りき

2418 故郷の駅に明灯(あか)りの温(あたた)かき書らの部屋よ読み居りし母

2419 祖母と我食を取らむと荷を負ひつ待合駅ゆ冬路歩みき

2420 汽笛鳴る駅道暮れぬ温(ぬく)き求め祖母に触れつつ入りし店の灯(ひ)

2421 冬風にほのかにほへり祖母と二人温物(あつもの)吹きし店明灯(あかとも)る

2422 里の駅よ祖母と安けき息つきて風猛山へ坂歩みけり

2423 閑駅(しづえき)よ着きぬ茜(あかね)の光さすみ山み寺へ道や登らむ

2424 孫を連れし祖母の心情(こころ)そおもほゆる彼(か)の日日の道踏み歩みける

2425 健やかな足授かりし祖母と母と直(ひた)歩みける故郷の坂

2426 初光る那智の高嶺そ清鳴(さやな)りの白滝明(さや)に民ら映えゆく

2427 清結(さやゆ)ひし幣帛(ぬさ)ゆれ光る神滝や響(とよ)み激しき民ら初映(うひは)ゆ

2428 初光弾(はじ)く田原の家ゆ杜(もり)ゆ拍手(かしはで)響くまほらまの里

2429 初照らふしづけさわたる国原は眠りつ起きつ生命(いのち)すみけり

2430 天皇皇后新た光の春の日に民らに向かひ歩ませ給ふ

2431 天皇御一家笑み御手(みて)振りて応(こた)へます民らと共に初照りいます

2432 天皇御一家澄める光の春の日に和にいまする民らつつめり

2433 陛下御一家と我ら初春今日の日ゆ後(ゆり)のみ国そ深め築かむ

2434 天皇皇后御身労(おんみいたは)り好(よ)きままにしづにゆたけくあらまほしけれ

2435 青天へ映え立つロケット発(た)たむとす民職人(たみしょくにん)らしづに見守る

2436 奮ひ起(た)ちし民職人ら励み遂げしロケット今し噴き上りけり

2437 天つ果てへロケット活きつ昇りゆく職人民ら国そ沸き立つ

2438 仰ぎ見る瞳ら民ら天宇宙（あまそら）へロケット往きぬ夢は現実（うつつ）に

2439 下町の民職人ら結び上げし衛星光る地球伴ふ

2440 励む音や方方（かたがた）の知恵業（わざ）積める労（いたつき）よあり灯屋（とうや）親しき

2441 吉野山峰ゆ清（さや）けくゆほびかに瀬河よ冬の鏡なりけり

2442 み吉野のみ音清けき川瀬河耀（ひか）るみ里は春含（ふふ）めるも

2443 清鳴（さやな）りの清瀬の里に紙漉きの生命（いのち）ら灯る天つ星降る

2444 吉野里み紙漉く音冱えわたる天星（あまほし）映ゆる瀬河清（さや）けし

2445 すすく音そそく音さや響（とよ）むなり灯屋（ひや）ら紙漉く民ら活きけり

2446 み紙漉く桁水（けたみづ）ゆする身心（みこころ）し緊めゆく民ら一生徹（ひとよとほ）れる

2447 古（いにしへ）ゆ今し通へる労（いたつ）きし心身（こころみ）そ澄む水紙（みづかみ）し映ゆ

2448 ねもころにみ手柔強（やはつよ）くかよひける漉きの匠（たくみ）ら生命（いのち）満ちゆく

2449　紙漉きの灯(あか)り遠近(をちこち)活ける民らみ里しづけしみ玉雪降る

2450　灯り屋に直(ひた)に紙漉く民たちよ山里しづに玉雪そ降る

2451　冱ゆる風み里へわたる清瀬川さらす白紙(しらかみ)光弾けり

2452　魂身(たまみ)込めて励みける民匠(たみたくみ)たち清張(さやは)るみ紙波(かみなみ)と映え立つ

2453　冬の嶺はるけき枯野原しかと見するゑ描きける絵士の俤(おもかげ)

2454　一つ竹筒(たけ)一つ灯(あか)りよ灯(とも)しける魂(たま)つ面影おもふ民らよ

2455　灯(あか)り一つ灯(とも)りわたりて明かりゆく民らの瞳み魂いますか

2456　しづ灯すしづみ手合はす一人一人み魂人(たまひと)たち今し添ふらむ

2457　み魂一人面影一人触れています父母子らそ傍(そ)ひつつみます

2458　悲しみに愛しみ深くすみいますみ魂現身(たまうつしみ)共にいまする

2459　民ら心情(こころ)かの日のままよ共に生命(いのち)生きける親族(うから)しのにおもほゆ

2460　かの日より笑ひ声なく生ける方は啜り泣きしつほほ笑みにけり

2461 み仏のお顔老い笑み赤児顔すすり泣き顔ほほ笑める顔

2462 顔まれに見せて学舎去りし子の「ありがとう」の声折(をり)におもほゆ

2463 母観音子らにまとはれ眺め立つ女性(によしやう)仰ぎてたまゆらのみ掌(て)

2464 母子地蔵いまする女性見つめ佇(た)つ愛子(まなこ)抱くらむみ心情(こころ)おもほゆ

2465 あかときに祖母し母しも起き出(い)でて白飯結びくれゐしおもほゆ

2466 冬の朝に祖母母起(た)ちて吾(わ)の飯菜(いひな)拵へ据ゑて安寝(やすい)しにけり

2467 朝な朝な遺影み壺に温(ぬく)き物供へて心身(こころみ)を緊めて発つ

2468 母しづに伏し居たらむを確かめつしのびて食をしたためて発つ

2469 今朝も闇に息(やす)める母の気配聴きて食ととのへてしづ発ち往かむ

2470 安らかに母や眠らむ養ひの食見据ゑ置き今朝も発ち往く

2471 み手合はせいただきますと子ら開けつ彩弁当(いろべんたう)にみ情(こころ)おもほゆ

2472 峰ゆ鳴る沢ゆ河辺(かはへ)へ流れゆく雪代水(ゆきしろみづ)やみ国清(さや)けし

2473 湧く水の清鳴(さやな)り流れ染みわたる地(つち)春萌えむ生命(いのち)ゆらしつ

2474 峰谷ゆ雪間そ渡る水の原にほの下萌えや含(ふふ)む春かも

2475 さへづりや葉舟(はふね)流るるせせらきよ清(さや)にさづかる生命(いのち)歩ます

2476 鹿生(あ)れし若草霞む春日山みづみづしくも含(ふふ)みわたれり

2477 天皇皇后み胸にみ花供へ給ふ御魂民(みたまたみ)たち今し見るらむ

2478 陛下御夫婦膝つき給ふ身罷りし民らし写真相見(うつしあひみ)給へり

2479 生命際(いのちきは)に民らの生命救ひける民らみ霊魂(たま)ら何処(いづこ)見ますか

2480 風通ふ裸の館(やかた)立つ地(つち)に供へ手合はす方(かた)ら相結(あひゆ)ふ

2481 土地(つち)に在(あ)りしみ舎(や)よみ屋(をく)よ人ら民ら魂つ生命ら活き励みけり

2482 命生きて住まひけるみ家(や)み家(や)の蹟(あと)光ましゆくみ魂傍(そ)ふらむ

2483 光ふる住家跡地(すみかあとち)に命生(お)ひてみ魂族(たまうから)そ包めるおもほゆ

2484 民ら活きて守(も)り遺(のこ)しけるみ屋(をく)み舎(や)よ傷(いた)むも確(しか)と民ら寄り会ふ

2485 民ら生ける民ら生きけるこの地（つち）にみ魂現身（たまうつそみ）寄り添ひ住まふ

2486 見えぬ民見ゆる民たち共にいます和（とも）に生きます故郷にほふ

2487 今日の光生きけるみ魂民たちよみ跡に建てむ音響（とよ）みけり

2488 今し生命（いのち）起（た）ちて活きける方方（かたがた）よ響める槌（つち）の音わたりけり

2489 遠近（をちこち）に生きる民たち活き音よみ魂なる人方（ひとかた）よ聴くらむ

2490 生ける民生きける民よ共に踏みしふる里よ今息（やす）みましけり

2491 天海（あまうみ）へ陸地（くがつち）明けむ一本松立てる生命（いのち）よ柔（やは）光り初む

2492 一本松孤（ひと）り立ちける天地（あまつち）に明け初めむ日の光浴みゆく

2493 一本松はるけきみ天海（そらうみ）明けてみ枝幹根（えだみきね）へ光照りゆく

2494 一本松映ゆる生命（いのち）よ海波風寄する丘上（をかへ）にしかと立つなり

2495 大海波とどろに寄する陸丘（くがをか）に一本松よ語らず語る

2496 陸（くが）つかみ天（そら）へ生（お）ひける一本松み霊魂（たま）ら民ら目守（まも）らひまさむ

2497 一本松耀ふみ国ふる里の民ら霊魂らよ生きいまさなむ

2498 一本松偲はむ民ら魂つ人ら数多み心情今し添ふらむ

2499 天つ雨降る海風の吹き染みる一本松よ生命愛しき

2500 浪の地に直生き立てる一本松そが心身よ守りゆかむかな

2501 炎籠しづに十つ列びて立上げぬ夜天空へ火煙上りゆくなり

2502 炎　籠列び正しく高上げぬ下ろし回すや民ら沸きけり

2503 お炬火列び回すや炎籠奥燃えつ崩れつ火の粉散り舞ふ

2504 僧ら祈る民らししづにお炬火廻るみ闇そ冱ゆる春かも

2505 み幸願ふみ堂の空に炎籠の火粉散り舞へりみ国春来ぬ

2506 炎　籠の廻りし廊上しづやかに灯しの僧よすみやかに往く

2507 大松明舞ひし御堂の奥灯る御僧ら黙し緊め励むらむ

2508 炎走りの後のみ堂のしづけさよ御僧らしかと秘め行初めむ

2509 大松明往きにしみ堂しづけさに奥つ御僧ら活き湧きゆかむ

2510 ほの灯るしづま千世（ちよ）ふる観音のおはしましけり数珠の音聴く

2511 神神の御名（みみやう）詠み上ぐ御僧らよ声高らかに「観音観音」

2512 連行僧結（ゆ）ひ立ち廻る奥つ灯（ひ）に僧直（ひた）祈る御仏（みほとけ）おもほゆ

2513 熱き僧ら烈しき巡り奥ひそに僧祈（ね）ぐ観音おはしましけり

2514 僧ら滾（たぎ）る大き小さき観音はふりつあらたにしづおはしけり

2515 僧ら民らみこころかよふ観音は御身（おんみ）一つに沁み容れたまふ

2516 遠近（をちこち）の苦難の民ら思ひ願ふ心情（こころこころ）よ満ちわたりける

2517 生命（いのち）寄せつ民ら眼（まなこ）ら直見守（ひたまも）る修二会連行満ちゆきにけり

2518 息身（いきみ）温き僧俗緊めつ結（ゆ）ひ守（も）らふ行や厳しき心根そ澄む

2519 冷え籠る灯堂（ひだう）に熱き心身（こころみ）ゆ宣（の）り祈（ね）ぎ上ぐる今し千代（ちよ）ふる

2520 冱え渡る国の民らしかなしみに直（なほ）願ひける千世（せんよ）ふりけり

2521 修二会行満ちし甍ら天(そら)青き峰山守(も)らふ里辺(さとへ)うるはし

2522 青澄みし天遠近(そらをちこち)に耀(かかよ)へるみ国の民ら心晴らさむ

2523 にほひたつふる里和し古人(ふるひと)ら此処(ここ)し都よ好しやと見けむ

2524 初咲(ゑ)みの小さき梅花(うめはな)ほのにほふさ枝に澄まむ初音まねかむ

2525 梅の花ほつほつ咲けりほの温(ぬく)き今朝の春日に鶯来むも

2526 透(とほ)る声や起き立つ庭はにほひける鶯さそふ梅の花かも

2527 青天(あをそら)へ咲く梅の花今日しづに陽光(ひかり)に降りしうぐひすそ鳴く

2528 ひさかたの光澄みゆく春の日にみ魂人(たまひと)思(も)ふ和に鳥鳴く

2529 天つ光ふる梅咲(ゑ)まふ魂つ人やはにそふらむ鳥ら呼び合ふ

2530 しづけさよ小梅に笑みし親人(ちかひと)の魂や聴くらむうぐひすの声

2531 鳥ら憩ふ梅にほふには光浴みて親族(うから)笑まひし面影おもほゆ

2532 光澄む庭鳴く鳥ら訪(おとな)ひし親族偲はゆ孤(ひと)りしづけさ

2533 光磨くみ声鳥らの歌聴きつ住まふみ仏清め供へぬ

2534 含(ふふ)み初めし玉の春日に祖父母らとたまゆら憩ふ子ら発ち往かむ

2535 み珠含(ふふ)み笑まむ春日に覚めゆかむ子ら祖父母らとにはに憩へり

2536 ゆれまどふ心つつまむ子ら笑まふ祖父母らと春陽光(ひかり)に憩ふ

2537 さへづりや初恥(うひは)ぢらひつ会はむ子らゆたに祖父母ら触れつ語らふ

2538 御仏(みほとけ)の生(あ)れし春日や弓翔(ゆみかけ)の燕初(うひ)発(た)つ子ら緊め往かむ

2539 春山に眉引く霞おく処(か)より生(あ)れし鹿鳴く声そ愛(かな)しき

2540 春霞ゆたに眉引く峰山ゆ鹿鳴く声よ慕ひわたらむ

2541 春山は霞わたれる初萌えに鳴く親子鹿愛しみ往かむ

2542 峰山ゆ清光(さやひか)る沢鳴る野辺に下草もゆる春わたりけり

2543 棚つ渕田(ふちた)にそそく水流れ合ふまほら野萌ゆる春草ら照る

2544 峰光る沢流れ寄る萌え原に鳴る下水(したみづ)や大河へ往く

2545 生命(いのち)数多(あまた)往きけるかの日み声上げて生(あ)れける生命里に活きけり

2546 親族(うから)たち身罷りにける故郷に心情抱(こころかか)へつ結(ゆ)へる民たち

2547 鳥わたる天空(そら)青き山ゆくりなく住まふまほらま光浴みゆく

2548 霞たつ古里明けむ風猛山守(も)らふみ塚辺(つかへ)しづに照りゆく

2549 あさもよし紀の川ゆたに妹背山(いもせやま)にほふ故郷和(なご)に安けし

2550 あきつしまみ神み仏相笑(あひゑ)まひ産土守(うぶすなも)らふ民ら活きけり

2551 風光るみ神み仏和(あまな)へる民ら村里農励み初む

2552 天皇皇后笑みます民ら会ひ喜ぶ写真写真(うつしうつし)よ光に眺む

2553 天皇皇后父母(ふぼ)たち生(あ)れて歩まれし昭和初世(はつせ)ゆ今そゆかしき

2554 陛下御夫婦添ひ活きられし父母たちよ昭和平成ゆかしくおもほゆ

2555 陛下御夫妻出会ひましける日のままに初(うひ)のみ心情含(こころふふ)みますらむ

2556 殿下は書(ふみ)照らし見います美智子さま編み掛けいます添ひ笑みましつ

2557 殿下読み思ひ坐(いま)する美智子さま編み手休ますゆた相見(あひみ)ます

2558 天皇皇后寄り添ひたまふむつましき御姿(みすがた)よ民皆(たみみな)和笑(なごゑ)まふ

2559 陛下御夫妻契られし日ゆ国民(くにたみ)と共に歩まむみ心情(こころ)深し

2560 陛下御夫婦添ひ歩まれし代(よ)の日日よ民父母(たみちちはは)ら踏み歩みけり

2561 天皇皇后今日も福祉にいましける歳月よ民民活き励む

2562 思ひ出のみ空にかかる彩(いろ)の虹晴れゆく後(ゆり)の日日の幸(さち)思(も)ふ

2563 雨往きぬ晴れゆき光る露わたる穂波まほらま虹そ映ろふ

2564 雨さやに走りし稲田露露に彩色(いろ)澄むまほら耀(ひか)りゆくなり

2565 恵み雨駈けし稲原わたる露に生命(いのち)映えゆくみ里耀(かかよ)ふ

2566 情(こころ)入れてつたなき手より拵(こしら)へし品そ贈らむ君しおもひつ

2567 み情(こころ)やみ手繰りかけしみ品かな送りし君の笑まひしおもほゆ

2568 この手して包みし小品(こしな)君が手に今そありけるおもひつ笑まふ

2569 君が手に温(ぬく)めしみ品今吾(われ)の手中(てなか)ありける相笑(あひゑ)まひけり

2570 恥ぢらひつ贈りし小品情(こころ)含(ふふ)み互(かたみ)に笑まふ縁(よすが)なりけり

2571 君と吾今し情(こころ)は通ふらむみ情(こころ)込めし品そ結(ゆ)ひける

2572 彦星と織女にあらぬ身にあれど河越え往かむ情(こころ)抱(だ)き燃ゆ

2573 牽牛と織女ならねど吾ら二人情(こころ)そ常に添へる思ほゆ

2574 瀬音鳴る君の足もと心遣(こころや)り相添(あひそ)ひ渡る夢か覚めにき

2575 思ひ遣りくれし君とそ思ひける現(うつつ)にみ手そ相添(あひそ)へ往かむ

2576 鳥の声籠(こも)る深森(みもり)ゆ石走(いははし)る沢鳴りのみち風そ清(さや)けき

2577 鳥の声透(とほ)るみ空へ清鳴(さやな)りの滝つ瀬みちよ生命(いのち)歩ます

2578 八月や描き語れる方(かた)ら声心情(こころ)し直(ひた)に見聴く民らも

2579 み霊魂(たまたみ)民ら今し来まさむ天地(あめつち)に故郷(ふるさと)に和安(なごやす)くあらませ

2580 世の中の清き冷たき水溢れ浴みさせまほしかの民方(たみかた)よ

2581 青き天(そら)蟬湧き鳴くやしづに深く我ら学びて思ふべき夏

2582 終(つひ)と思ひ語れる方(かた)かこの地(つち)に我ら直聴き確(しか)と伝へむ

2583 異国(ことくに)ゆ訪(と)ひ会へる民(たみ)我ら共に和(なご)き心情(こころ)し生きゆかむとそ

2584 一日一日(ひとひひとひ)急(せ)き終はらせばこの民方(たみかた)生きゐしものを空襲観音

2585 昭和天皇深く案じつ鑑みれど思(も)ひ給ひける御心情(おこころ)おもほゆ

2586 凍て地(つち)に友ら死に添ひ死を思(も)ひつ生き抜きたまふ方(かた)よ生(あ)りけり

2587 寒獄に長き歳月労(いたつ)きに耐へ抜き生ける方(かた)帰りけり

2588 奇蹟かと現実(うつつ)なりけり帰り着ける生命(いのち)ありける親族(うから)会へけり

2589 心情(こころ)いかに全身全霊疲れ果てて本土故郷(ほんどふるさと)しかと見えし時

2590 国陸(くにくが)や故郷(ふるさと)生(あ)れて生きし家(や)よ生きける親族(うから)思ひあふるる

2591 嬉しさと安堵のあまり心身(こころみ)そくづるる如き民らしおもほゆ

2592 読み返す「流れる星は生きている」※終(つひ)の書面(ふみも)に息肩(いきかた)下ろしぬ

※藤原ていさんの著書

2593 雷雨嵐今し来たれり雲の上に光わたれるみ原(はら)想ほゆ

2594 嵐激し生命(いのち)打ちける雲分きてやがてのどけき光訪(と)ひなむ

2595 恵み雨降りて潤ふ稲穂原実り耀(かかよ)ひわたるまほらま

2596 天つ雨往きて滴る糧菜(かてな)守(も)る民たち活きるみ国里照る

2597 慈雨通り生命(いのち)育む民ら耀(ひか)る天虹(あまにじ)わたるあきつしま映ゆ

2598 天皇皇后ゆた見そなはす一人一人民らみ言葉交はし笑ませり

2599 天皇皇后歩ませ直(なほ)にお言葉よみ心情(こころ)かよふ民らよあつし

2600 天皇皇后若きより書(ふみ)読みいましぬ我ら国民(くにたみ)いよ書読まむ

2601 古(いにしへ)ゆ人ら書読み学び思ひ繰りつ深めつ己そ至る

2602 み仏に供へ手合はす民和(たみやは)に虫音澄みゆく月(つき)光降るみ里

2603 祖母父母の居し間清めて供へぬる遺影遺影と相目守(あひまも)らへり

2604 祖母父母のみ坐(ざ)灯ししづおもほゆる面影に添ふ虫の声かな

2605 親族(うから)往きぬ月夜しづけしみ魂(たま)守(も)る我に親しき虫の音そ澄む

2606 鹿の声に玉露ゆるる彩色(いろいろ)の七草光る野辺のみ仏

2607 山沢ゆ生(あ)れし蜻蛉(あきつ)ら降り舞へるみ魂おもほゆみ田み仏よ

2608 み山辺(やまへ)ゆ蜻蛉舞ひ降る稲渕(いなふち)の波田(なみた)うるはし明日香村かな

2609 蜻蛉舞ふ稲穂田(いなほた)にほふ仏たち民たち住まひ守(も)らふふる里

2610 ふる里は色彩(いろ)そ秋草咲(ゑ)まひけるみ仏たちよ実り供へぬ

2611 秋深き命生きける虫の声冱えゆく月光(つき)の降るみ仏よ

2612 紅葉黄葉(もみちもみち)色鮮(あたら)しく濃(こま)やかにくまなくわたる吉野山かな

2613 ゆくりなく雨降りそそく紅黄葉(もみち)らに吉野山山艶(つや)めきにけり

2614 しづやかに家喪(いへも)仕舞ひぬ独り居(ゐ)に外(と)の枝(え)ゆかよふ鳩呼ばふ声

2615 白き燈(ひ)に冷たき水にみ手浸し直(ひた)に米研ぐ祖母母おもほゆ

2616 磨き光る祖母の温(ぬく)めし腕時計動かぬ生きし命おもほゆ

2617 高見時計今し動けり針止まむ時日なからむみ幸守らむ

2618 遠近にいませし御魂方方よ親族らもとに今帰るらむ

2619 生命地球滅びの道へ向かひにし日はめぐり来ぬ迫れる如く

2620 天皇皇后忘るまじきと宣り給ふ日よ国民ら共に生きけり

2621 生命たち海空陸へ叫びける日よ遠からぬわたつみの声

2622 親族たち待ちわびにける歳月にふるみ魂たち家に写真に

2623 書写真読み観つ見ゆる鳩よ立つ確と遺せし方たち見けむ

2624 懐かしき歌唱ひ来し和やかに町の店沸く餅の湯気立つ

2625 神仏すむ海山よ初日射す幣し清けき滝そ映えゆく

2626 ふる里のみちのみほとけしづにみ手合はす民たち初光浴む

2627 初日光わたる世のさま見そなはすおほきみほとけ照り映えゆけり

2628 初日照る初瀬のおほき観音よ生きとし生けるもの思ひたまふ

2629 初日さすみ山初瀬のみほとけよゆたにかなしみおはしましけり

2630 初光る泊瀬のみてらみほとけに伏し触れいます民明かりゆく

2631 天皇皇后往き給ふ笑み濃（こま）やかにみ手振りいます民ら和沸（なご）く

2632 天皇皇后日日に心身（こころみ）尽くしいます民らと共に歩み給へり

2633 天皇皇后おん身いくたび立たせまして民とみ情（こころ）交はし給へり

2634 冱ゆる世に老若新た澄む瞳 心身（こころみ）緊めつ踏み歩みゆく

2635 実（まこと）かと今も思へる生命（いのち）数多（あまた）罷りける町家並（まちいへなみ）に碑に

2636 灯（あか）り一つ一灯（ひとひ）生（あ）れゆくみ魂たち添ひ思（も）ふ民ら生きいましけり

2637 一つ灯（とも）るみ魂灯（あか）りて結（ゆ）ひゆけるしづみ手合はす民ら目守（まも）らふ

2638 老若の瞳に映ゆる灯（ひ）の明かり面影み魂今し生（あ）りけり

2639 天皇皇后贈られし種育て来し民子（たみこ）らの眼にみ花そ咲かむ

2640 天皇皇后かなしみ給ふみ情（こころ）にあつく民たち起（た）ちいましけり

2641 光る雪とけゆかむ野の下萌えに古人（いにしへひと）ゆ初思（うひも）ひおもほゆ

2642 炎籠（ほむらかご）燃えゆらく闇ゆくりなくみ雪降り舞ふ修二会行かな

2643 悲苦に生きる民らしおもふ修二会行初（うひ）の心し皆願ひけり

2644 み蔵（くら）明けし光にいます雛（ひいな）たち民たち守（も）らふ廓（くるわ）華やぐ

2645 彩色（いろいろ）に小さき大き雛たちみ城下町（しろしたまち）渋（さ）び耀（かかよ）へり

2646 光ふるみ梅のみ苑（その）和やかに人ら集へり鳥ら憩へり

2647 梅の苑に老若和（なご）に憩ひける万葉人ら宴（うたげ）にあらぬも

2648 紅き白き梅花（うめはな）咲（ゑ）まひ優なりけむ古人（いにしへひと）ら笑まひおもほゆ

2649 優雅なる名よ色種（いろくさ）の梅の花雲となりける天つ下（した）咲（ゑ）み

2650 ひさかたの光ふる日に梅の園（その）歩み坐りつ人らゆららに

2651 青天（あをそら）ゆ光透（とほ）れる梅の林（りん）み琴わたれる彩鳥（いろとり）の声

2652 梅の花咲（ゑ）まひにほへる琴の林（りん）さ枝ゆらしつさへづり渉（わた）る

2653　さへづりや澄める光の琴林(ことりん)に梅花(うめはな)わたる馨(かぐは)しきかな

2654　梅の花ひとつ一つよ香精(かくは)しさ含(ふふ)みつ交はす清風(さやかぜ)そ吹く

2655　含(ふふ)めるも咲(ゑ)まふも愛し梅の花相逢(あひあ)ひ会へる幸よ生命(いのち)よ

2656　老木(おいき)なる花よ新継(にひつ)ぐ若き木の梅よ今日しも人ら生きけり

2657　光澄む初(うひ)の心し今日一日(ひとひ)この時間(ときま)あり生き到りけり

2658　さへづりよ光透(とほ)れる今日の時起(た)ち生き初めむ命なりけり

2659　老若たち初(うひ)ゆかむ日に光る珠(たま)の枝(え)にさへづりつ鳥らわたれり

2660　さへづりら亀ら蛙(かはづ)ら雨よ蟬ら風鈴そ虫ら聴き思(も)ふ民ら

2661　亀鳴くや螢息(いき)しづみ魂人(たまひと)おもふ月星降る雪そ聴く

2662　梅桃(うめもも)の花和咲(なごゑ)まふ国民(くにたみ)ら含(ふふ)み咲みなむ桜思(も)ふらむ

2663　梅桃の花咲まひけるあきつしま桜のさ枝含み初めけり

2664　梅の花うつろひ桃の花にほふみ国に桜珠咲み初めむ

2665 梅桃花(うめももはな)にほひうつろふ今日光る桜のみ珠ほころび初めむ

2666 梅桃の咲まひうつろひ桜花にほひわたらむあきつしま照る

2667 梅桃桜冱(さ)えし雪日(ゆきひ)に初含(うひふふ)み色彩(いろこま)濃やかに咲きにけるかも

2668 梅桃桜み珠ほころび咲まひゆく色彩(いろ)わたりけるあきつしま映ゆ

2669 梅桃桜咲み満ちゆける古(いにしへ)ゆ今し国民和(くにたみなご)に憩へり

2670 梅桃桜花そ耀(かかよ)ひ咲まひける古人(いにしへひと)ら心しおもほゆ

2671 桜花咲き満ちわたるあきつしま生(あ)れしみ仏民(ほとけたみ)ら祭れり

2672 花み堂小(ち)さきみ仏ほの笑まひいます老若愛しみいます

2673 み仏にみ茶そそきゆく花祭み心直(なほ)し民老若も

2674 仏生会み花茶供へみ手合はすみ国民(くにたみ)らよ和笑(なごゑ)み交はす

2675 満桜(みちさくら)み花の雪そ降りそそくみ国民らそ心彩る

2676 ほめらるるはうれしき心地しからるるつらき情(こころ)よなほ宝なり

2677 草花の色彩(いろ)ゆれ光るまほらまに民ら心し歩み初めけり

2678 苗生(お)ひむ風耀(かかよ)はむ日に民ら心身(こころみ)磨き活きゆかむかな

2679 菜の花の咲まふ国里道(くにさとみち)のへに司馬さんのお顔お声おもほゆ

2680 史(ふみ)つつむ国里の舎(や)に文人たち絵士たち写真筆(うつしふで)そ親しき

2681 山海や城守(も)る町の民ら皆心身(みなこころみ)尽くし活き励みけり

2682 青海原耀(かかよ)ひ寄する陸山(くがやま)の面代(もしろ)に緑(あを)き苗群(なへむれ)そ映ゆ

2683 船ら往く青き海原照る山に緑(あを)き田畑よ苗らそよ映ゆ

2684 阿修羅さまみやびやさしきみ姿のお顔瞳よ思ひ澄むらむ

2685 直(なほ)見つめみ手舞ひ合はす阿修羅子(あしゅらこ)よしづおもふらむお顔愛(かな)しき

2686 阿修羅さまみ手み手み腰やはらかに澄みし瞳よなほ思(も)ふらむか

2687 しづ目守(まも)る再び会へる阿修羅さま今初晤(うひあ)へる貴君(あなた)よ我よ

2688 阿修羅子よ父母恋し父母ら愛しき吾子(あこ)に向かひ会ひけり

2689 蟬しぐれふる緑杜(あをもり)ゆ仰ぎ見る青(あを)きみ天(そら)そ九輪耀(かかよ)ふ

2690 法(のり)の塔映ゆる青天(あをそら)うるはしきまほらま緑(あを)し蟬の声湧く

2691 吉野山驟雨往(ゆ)きける雲間より透(とほ)る光に生命(いのち)映えゆく

2692 驟雨往きぬ多峰山(とほみねやま)に露わたる耀(かかよ)ひゆるる虹そうつろふ

2693 多き雨烈しく降りぬ露しげき大台ヶ原生命耀(いのちかかよ)ふ

2694 深山嶺(みやまみね)に雨さや駈けぬ音澄みて隠(こも)るみ滝よ虹浮かみ映ゆ

2695 雨駆けぬ霧わたりゆく山谷に虹そ映ろふ奥つ滝かな

2696 さやに雨そそきしまほら照りわたる露ら生命(いのち)ら天つ虹映ゆ

2697 地(つち)へ根ゆ幹生(お)ふる枝枝天へ今し命よ後(のち)へ活きける

2698 稲渕の美田(みた)の穂生ふる虫音澄む月に磨ける明日香村里

2699 み塚森ふる田守(も)る家民(いへたみ)しづに月わたりゆく明日香村かな

2700 虫の声いろいろ鳴く音調(ねとと)ひて相和(あひわ)しゆけりみ魂守(たまも)る夜

2701 虫の音よいろいろ通ひ澄みゆきて合ひ奏でけり月夜しづけし

2702 思ひ遣り察し情(なさけ)よ直(なほ)に好(よ)き尽くさむ心根(こころね)そ民にすむ

2703 なつかしさゆかしさあはれうるはしさ泣きほほ笑みそ八雲(ハーン)師(し)愛(め)でぬ

2704 こまやかさあはれ恥ぢらひ含(ふふ)みけるみ国民(くにたみ)らそ後(ゆり)生きゆかむ

2705 案じをりし方(かた)のみ声よ弾む情(こころ)あふるる笑まひ面影おもほゆ

2706 み魂守(たまも)らふ親しき方の声しづに聴きつみ情(こころ)なほにおもほゆ

2707 み心に隠(こも)れる思ひ分かち合へぬかなしさ涌きてひたに聴きをり

2708 労(いたつ)きて生き来し方よ笑み語る静けさ啜るみ情隠(こころこも)る

2709 しめやかにみ声み心聴き思(も)ひてかけむ言の葉求(と)めつ迷へり

2710 話器(わき)置きぬ語り聴きける方になほ遣(お)らむ言葉心残りぬ

2711 しづ笑みし愛しき方の心身(こころみ)に和(やは)に添はむか文そ遣(お)らむ

2712 山峰ゆ舞ひ降る木の葉透(とほ)る月冱えゆきわたる鹿の声かな

2713 月さえて紅黄葉(もみちは)おくる峰風にそふ鹿の声ふる里の庵(いほ)

2714 天つ月冱ゆる山風舞ふ紅黄葉(もみち)越ゆる鹿の音通ふ終(つひ)の家(や)

2715 天ゆふる月光(つき)さえわたるまほらまに鹿の音とよむ終の庵かな

2716 月冱ゆるみ里の家ゆ砧打つ音響(とよ)みける民住まひけり

2717 虫の声しづけき里に砧打つ音通ふなり民ら影活く

2718 天地(あまつち)に生きとし生けるみ魂(たま)たち澄みて聴くらむ命らの声

2719 見て聞きて温(たづ)ねて静(しづ)に心深く思ひゆたけき人に会ひたし

2720 み山里住まふ民ら戸温気(ぬくき)立つ六つのみ仏丘ゆ見守(みも)らふ

2721 里の家(や)の民ら新炊(にひた)き供へける手編み被れるみ仏たちよ

2722 仏　民守(ほとけたみも)らふ畝(うね)なす里の戸よ遠峰空(とほみねそら)ゆ風花着きぬ

2723 みほとけのまぶたくちびるやはほのにうつむきまもりたまふしづけさ

2724 みほとけよしづおはしましまもりたまふ己心(おのれこころ)よしづむきあはむ

2725 み仏の今し見給ふ我が心仏あらぬも育まむかな

2726 平成の天皇（みかど）新たか歩み給ふ大嘗祭（おほなめまつり）み明かりおもほゆ

2727 ふる御代（みよ）ゆ天皇（みかど）燈（あか）りつしづゆたに豊（とよ）の明かりの節会（せちゑ）召しけり

2728 天皇皇后ほほ笑み歩み会ひ給ふ民ら民らにみ声やさしき

2729 天皇皇后相添（あひそ）ひ歩みます民にみこころ含（ふふ）む声かけ給ふ

2730 天皇皇后会ひ語ります民一人民一人直（なほ）みこころあつし

2731 天皇皇后あひ笑まひ添ひ言（ことたま）給ふ民に民らと照り和みます

2732 天皇皇后民ら相和交（あひなごか）はしますみ笑みみ心情（こころ）ふかくゆたけし

2733 静けさに天皇皇后み手振りつ笑みます民ら直和（なほなご）みけり

2734 天皇皇后今往き給ふこまやかに民らの和き波そ連れ立つ

2735 御誕生日祝ひます民見つめ給ひ陛下は苦悲の民語り給ふ

2736 陛下御夫婦寄り添ひ齢（よはひ）重ね給ひ民らの生命（いのち）案じ給へり

2737 天皇皇后民らと共に歩みまして今日も民らし思(おぼ)し遣(や)りけり

2738 天皇は最後の御言告(みことの)り給ひぬたまゆら静(しづ)に民ら和みぬ

2739 天皇皇后いよなほ努め励み給ふ御代(みよ)のくくりに活き給ひける

2740 初光る高嶺そ結ひし幣(ぬ)帛(さ)清(さや)に滝明かりゆく民ら活き湧く

2741 暁に花か白雪散り流るふる野にすまふみ仏おもほゆ

2742 天地(あめつち)は光映ろふ雪消川(ゆきげかは)鳴りつ流るる野辺(のへ)の下萌ゆ

2743 さへづりやみ雪とけにしみ里野は下萌え光る春水走る

2744 雪消えてまほらま光るあらたまの春の七草萌えわたりけり

2745 神仏守(も)らふみ山は瑞山(みづやま)となりぬ里野に七草萌ゆる

2746 まほら野に光り溶けゆく泡雪に隠(こも)り萌えける蕗のたう見ゆ

2747 神仏住まふみ山ゆ水澄みてみ里田畑へ潤し往けり

2748 冱えし水そそく八十(やそ)母(はは)瑞歯(みづは)さす今朝の光に活きていませり

2749 清瀬鳴るみ山ゆみ田よ連なれるみ蔵(くら)ゆ温き酒そ息立つ

2750 匂ひ立つみ酒の泡の鳴く生命(いのち)撫で掛き回す民(たみ)ら活き映ゆ

2751 清き水そそくみ里の酒蔵ゆ唱ひ初めける声朗らなり

2752 水澄みし山田うるはし酒蔵ゆ唱声響(とよ)む沍ゆる古里

2753 神仏(かみほとけ)守(も)らふ国辺(くにへ)は萌え初めて透(とほ)る光に生命(いのち)活きけり

2754 み山守(も)るまほらま光る色初めし林わたりつ鳥らさへづる

2755 民ら家町杜(いへまちもり)含(ふふ)む彩珠(いろたま)の枝辺(えだへ)ゆらしつさへづり渡る

2756 み城趾眺むみ杜(もり)に彩(いろ)ほのに小枝(さえだ)さへづるみ鳥ら渉(わた)る

2757 うぐひすの透れる声よ梅の花にほひわたれる今朝のふる里

2758 音聴きつ開(あ)けるや薄き通知かな陽光(ひかり)ふる枝(え)にうぐひす来鳴く

2759 雛(ひいな)たち錦織(にしきおり)なす廓家(くるわや)はかなしさびしもはなやぎにけり

2760 雛たち部屋彩りし遊女たち笑まひこぼれつ見つめけむかな

2761 雛飾るみ部屋の窓ゆ広き空下町望む遊女らおもほゆ

2762 労きにつゆ楽しみそ添ひけむか此処に愛しき女息思ゆ

2763 女たちみ顔ととのへかなしみに笑まひつくろひむかへしおもほゆ

2764 雛たちしづに愛しき女人たち心身起こし尽くし生きけり

2765 雛たち男女ら老若たちしかと生きたる一生ありけり

2766 声透る梅の香かよふ花森に木末隠れてうぐひすそ鳴く

2767 彩玉の隠れつ見えつ梅花の下枝せはしき鶯愛し

2768 み鳥たち彩の尻への直活きる愛しき生命集ふ陽光に

2769 異言葉交はし語らふ梅の林琴立ち並ぶさへづりの径

2770 発つ言音いろいろ和に笑み歩む花香花香よ梅林の径

2771 告る如く名好き色彩咲かむ梅の一木一木よいよよゆかしき

2772 老若の一木一木よ梅の花ちらほら咲ける含めるも好し

2773 齢(よはひ) 木(き)も生(お)ひむ若木(わかき)も住まふ地(つち)に姿かぐはし生命(いのち)満ちけり

2774 一本(ひともと)の生命(いのち)一木(ひとき)の一生(ひとよ)かな様趣(さまおもむき)よ直好(なほよ)きに生きむ

2775 木花(きはな)好(よ)き一本(ひともと)よ見つ振り返る梅林の中見ゆる好きかな

2776 一木(ひとき)梅(うめ)よ向かひ別れて上(のぼ)り見ゆる花雲の中また会ひに来む

2777 うぐひすの声澄みかよふ山谷の清瀬の里に民ら活き映ゆ

2778 梅の花うつろひ桃の花にほふ桜のみ珠ほころび初めむ

2779 光る枝(え)にほの咲(ゑ)み初めし桜花人しづ笑まひはにかみおもほゆ

2780 桜花さ枝に咲(ゑ)まふ古(いにしへ)ゆみ歌のこころかよひそふなり

2781 桜花小(ち)さき一花(ひとはな)二咲(ふたゑ)みに愛しき笑まひこころおもほゆ

2782 生命(いのち)数多(あまた)身罷りにける地(つち)の上(へ)に花雲わたる青天(あをそら)の下

2783 焼け原となりける現実(うつつ)昔ならぬ民らのにはに満ちる花雲

2784 苦悲に耐へ得ぬおもひあふれて生き励みし民ら据ゑける観音地蔵

2785 枝垂桜(しだれおう)に祖父母孫らに親子鹿添ひ寄り光る仏生会かな

2786 花の傘めぐれる今日よ生(あ)れたまふ仏愛しき民老若も

2787 濡れ光る小(ち)さきみ仏ほの笑まひいます愛しさ民ら和めり

2788 祖父母たち親たち子たち仏生会和(なご)みの春そ立ちゆかむかも

2789 仏生会民ら和(なご)わきほのくれてしづま安けき法話始まる

2790 脣(くちびる)の紅きみ仏現身(ほとけうつしみ)の救ひのみ壺抱き笑みいます

2791 みほとけのゆたけき笑まひ我ら人笑ませましける民らみ仏

2792 みほとけの笑まひゆかしきみこころの人のほほ笑みうれしかりけれ

2793 声通ふ足音弾む初会(うひあ)ひの子らの言笑(ことゑ)み心情(こころ)躍れり

2794 春日山生駒山峰(やまね)も花雲となりぬまほらま緑(あを)萌え染めむ

2795 み山峰(やまね)は雲色彩(いろいろ)にみ里原草花にほひわたるまほらま

2796 山海の民ら活きける家蔵(いへくら)にみ空翔りし初燕(うひえん)着きぬ

2797　光りさす湯気立つ民ら励みける造り家蔵(やくら)に燕ら活きる

2798　天皇皇后見つめ笑みます艶玉(つやたま)のみ繭愛しき透る光に

2799　天皇皇后民らと共におはしけり文言写真(ふみことうつし)ゆたに懐(おも)ほゆ

2800　み花咲(ゑ)まふ天皇皇后悲苦の民に寄り添ひいますみ心情(こころ)おもほゆ

2801　天皇皇后民結(ゆ)ひ交はし歩まれける悲喜こもごもの道よ照らへり

2802　天皇のお声お言葉み心情(こころ)よゆたけくわたる民ら直聴(なほき)く

2803　天皇の澄み読み給ふ御書文(おかきふみ)しづ聴き澄ます民ら胸沁む

2804　天皇のみ心情(こころ)かよふ文言葉(ふみことば)聴き入る我ら国民(くにたみ)の幸(さち)

2805　天皇のみ心情(こころ)ふかくいたり給ふ御書文(おふみ)よ我ら幾度(いくたび)も読む

2806　天皇皇后お言葉お書文(ふみ)こまやかなお思ひおもほゆねもころに読む

2807　天皇皇后み国民らと歩みますみ代(よ)の結(ゆ)はひにふかくおはせり

2808　天皇皇后民らと共におはしける今しも和(なご)に皆いましけり

2809 天皇皇后民歩まれし二つ代（よ）の旅路の結はひ安けくましませ

2810 天皇皇后励みたまへる民たちよ後（ゆり）ゆた安くいましまさなむ

2811 陛下御夫婦澄み聴き見まし笑み給ふ今日の生命（いのち）ら清（さや）けかりけり

2812 陛下御夫婦ほほ笑みしづに交はしますみ言（こと）み心情（こころ）ゆかしくおもほゆ

2813 御退位の日は雨しづに民ら守（も）りし御夫婦の今朝初（うひ）に光れり

2814 御退位の後朝（あとあさ）晴れて御夫婦よ出会ひ給ひし日の光浴む

2815 御退位の時しも雨の温かき民ら見守（みも）らふ御即位の朝

2816 今日は御婆（おば）昨日は御爺（おぢい）います店（たな）に一人一人（いちにんいちにん）笑まひ対（むか）へり

2817 爺（ぢぢ）と婆（ばば）ゆたにしづけし高砂の翁媼（おうおう）の如ほほ笑みいます

2818 爺（ぢい）は書（ふみ）を婆（ばば）は拵（こしら）へ長閑（のど）やかに住みよき家に客に笑み会ふ

2819 雀雲雀（ひばり）のやうな我が徒ら「新枕（にひまくら）」意（こころ）語れば静まり聴きぬ

2820 白光る子らと向き会ふ城跡杜（しろもり）ゆ棲（す）まふうぐひす声溜（た）めつ鳴く

2821 清鳴(さやな)きの初音透りし山谷に深く響(とよ)める老鶯の声

2822 光澄むみ川河(かは)流らふ生命(いのち)たちゆたけく還る円きまほらま

2823 鳥海山湧く水そそく苗満ちる九十九里原耀(かかよ)ひわたる

2824 山峰ゆ眺むる住まひまほらまに螢籠(ほたるこ)の如二兩車の往く

2825 蓮(はちす)の葉み仏たちよ明かり初めて今朝の光に行基堂開く

2826 蓮の花音なく笑まひ耀(かかよ)ひてほとけ群れ添ふ行基さま見ゆ

2827 久方の光浴みたる蓮み寺。行基菩薩のお顔そふかき

2828 地(つち)摑み天へ伸びゆく節猛(ふしたけ)き神の大樹(おほき)よ耀ひて在り

2829 峰山の谷の奥処(おくか)に響むなり隠(こも)りて清(さや)に滝躍りけり

2830 天月(あまつき)へみ手よみ脚よ盛る浪にぎはふ極み阿波踊かな

2831 月天(つきそら)を上げ湧き活きる生(あ)れし地(つち)ゆれつもどりつ民らよ踊る

2832 民ら生命(いのち)解き放たるる満ち満ちてみ国挙(こぞ)りて阿波踊かな

2833　選(え)り包みし荷物急(せ)き抱き駆け抜けし生命(いのち)の匂ひ今し憶ほゆ

2834　赤児抱き迫れる死生みち駈けし祖父母(そふぼ)父母(ちちはは)あふれ生きけり

2835　微睡(まどろ)める深夜泣きにし吾子(あこ)抱きて家外(いへと)隠(かく)れに愛(あや)しゆれゐき

2836　海上(うみ)ゆ陸よ見え近づける直思(ひたも)ひし故郷の地(つち)や目映ゆかりけり

2837　異国(ことくに)の大地抜け海渡り越えて現実(うつつ)か今し辿り着きけり

2838　陸や見えし海上(うみ)ゆ目守(まも)りし国へ生(あ)れし故郷へ駈けし親族(うから)思ひつ

2839　一日一日(ひとひひとひ)恋ひ思ひける故郷(ふるさと)よ生まれ生きける家よ親族よ

2840　心情(こころ)あふれ父母妻子同胞(ちちははつまこはらから)よしかと相抱(あひだ)く生命(いのち)やあつき

2841　遺影祖父祖母よ目守(まも)れる我の心身(こころみ)よ正しつつしづ手合はしぬ

2842　青き天光(そら)へ蒲団上げ干しぬヒマラヤ山脈(やま)ゆ風通ふ今朝

2843　聴き上手の姉か多言(たこと)の妹か頷き合ひぬ朗らに笑みぬ

2844　長女純(す)みて次女賢くて三女寛(ゆた)に末女直(なほ)なり諍ひつ和す

2845 幾回忌巡りて人ら間遠なりし君がみ心情遣（こころつか）ひ着きけり

2846 ゆくりなく君ゆ書品（ふみしな）届きける今日の光に心情（こころ）あふるる

2847 光る門（かど）にうるはしき品今日着きぬ真情遣（まこころおく）りくれし君かも

2848 み魂（たま）たち今し見ますか万燈会（まんとうゑ）み里の民ら守（も）らふみ仏

2849 静夜かな里家路（さといへみち）に爺婆（ぢいば）孫親ら添ひ会ふみ仏灯る

2850 蟬湧きし嵐や往きぬ涼風（すずかぜ）に鈴の虫音となれる地蔵会（ぢざうゑ）

2851 灘（なだ）迫る紀伊の村里今年また激しき嵐襲ひ来たりぬ

2852 神子（みこ）さやに舞ひ振るみ鈴鳴るなへに仰ぐみ神そ来添ひますかも

2853 楽の音の流れ貴人（あてひと）ゆたに舞ふ今しふる神笑みいますらむ

2854 多峰（とほみね）の社のにはにふる舞ひのゆたに隈道（くまみち）風かよふなり

2855 しづけさよかなしき音色ながれくるみ手やはなほし風の盆かな

2856 胡弓の音（ね）舞ひ手もしなに浴衣笠伏し目に踊る姿ゆかしき

2857 あはれなる調べしづ舞ひつと止まるみ手足初めて往かむ裾ら

2858 豊に作実らむ願ふふりあらた男女の踊り異にゆかしき

2859 男踊り女踊りそやはなほにつよく舞ひゆく歩みみ笠よ

2860 ゆたに哀し静に和しゆく風の盆み笠に隠るお顔ゆかしき

2861 み笠しづにみ手足ゆたになほしかと相和しゆくや波流れゆく

2862 奏でかなし踊りうるはし流れゆく静夜艶けし風の盆かな

2863 瞳あふれ露し流るる頬しほほ手巾握り微笑める顔

2864 祖父母父母の負ひ継ぎ労きし店の灯に我恥ぢ縮まりぬ

2865 しづけさを恋ひ思ひ謝して敬老の和より離れし背よ歩みゆく

2866 小さき背に負ひてかなしきてくてくと生命歩ます八十路の母は

2867 おはぎ供へ遺影目守らふ今宵しづに虫音冱え澄む月そさし添ふ

2868 耳遠き祖母にお茶添へ裏にはの花葉春秋語りしおもほゆ

2869 朝露にには野の生命(いのち)しめりわたり明け初むる日に光りゆくなり

2870 鹿声や霧分く野辺は白露に光ゆれ映ゆ耀(かがよ)ひわたる

2871 あをそらにふりしみ塔そかへりたつけふまほらまに塔ならびみゆ

2872 生駒峰(いこまね)のみ空に夕陽(ゆふひ)赤赤と春日山辺の渋(さ)びつ染み映ゆ

2873 懐かしき文字(もじ)書(ふみ)触れぬゆくりなく下笑(したゑ)ましくも君います如

2874 慕ひつつ会えぬ歳月下思(したも)ひぬほの笑まひつつ君に会はむも

2875 直(なほ)守る瞳よ笑まふ君立てり生絹(すずし)に見ゆる温(あつ)き血肌(ちはだ)よ

2876 月光(つきひかり)もれるみ息し髪解(ほど)き紐解(と)き咲(ゑ)まふ君さはやかに

2877 こまやかな情(こころ)つつめるやはらかき新肌(にひはだ)照らふ月や見るらむ

2878 君今し吾に添ひける温かきみ息み胸のみ音聴くなり

2879 月の床情(こころ)そ初(うひ)に君に触れしときめき今し肌に残れり

2880 さねかづら後も目見(まみ)えむ長らへて互(かたみ)の笑まひむつまじく見む

2881　光ふるみ社のには掃かれ寄るどんぐりたちよみ歌おもへり

2882　鞣(なめ)し生きし民らの活きる史(ふみ)聴きぬ鼓(こ)の音(ね)新たに直(なほ)に聴かむよ

2883　天ゆ光降る紅葉黄葉(もみちは)よ水清み色彩(いろこま)濃やかに影そ映ろふ

2884　色情(いろこころ)絶えぬ彩葉(いろは)の積もる身の澄まぬ心に月の住むかな

2885　光ふる木の葉はらはぬ生きし身に今朝あたらしき命触れけり

2886　降り積もる霜葉(しもは)耀(かかよ)ふふるにはに土やはらかき生命(いのち)すみけり

2887　ぬばたまのみ髪並べる四十人霜となるまで染まず生きなむ

2888　息つきて緩軽(ゆるかろ)やかに滑り初むいよ勇ましき美技(みわざ)とならむ

2889　銀盤に意力(こころちから)しため駈けて跳ね飛び回る巡る笑顔よ

2890　しなやかにいさましくなほたをやかに艶(なまめ)き耀(ひか)る銀盤の子よ

2891　静やかに速やかになほ緩らかに舞ひ流れゆく湖(うみ)めぐる花

2892　花笑まひ跳ね舞ひ周(まは)る思ふまま氷上(こほり)に映ゆる生命(いのち)湧き活く

2893 白銀(しろ)きには己が世界と駆け廻り緊(し)めつ遊びつ躍る笑みかな

2894 眼(まなこ) 光るみ手握り身そ緊め立ちて直見守れる親よ師よ子よ

2895 心 身(こころみ)よとのへついざ発ち往かむ 眦(まなじり) 決す駈け飛び回転(まは)る

2896 広し狭し白銀のには愛し子の独り楽しむ観衆ら沸く

2897 流れゆく調べかなしき笑み添へて駈け跳ね回り舞へる独り子

2898 舞ひ踊り回りて終へぬ静(しづ)ゆたに笑まひに到る心身(こころみ)想ふ

2899 仕舞ひけり柔(やは)に心身(こころみ)解(と)き笑みて相抱(あひだ)き合へる和(やは)に安けし

2900 今日もまた喘ぎ呻くや犬の声聴きつ漕ぎ往く心残しつ

2901 八月ははや往きにしが世の大戦(いくさ)そも十二月今日起こしけり

2902 あきつしま地獄なりけり我が祖(おや)の民ら起こせし煉獄なりけり

2903 許すまじ起こすべからず世の民ら国土(くにつち)なべて焦熱の日日

2904 昭和の代(よ)戦争(いくさ)の世(よ)なりし平成は災い受けし令和は起(た)たむ

2905 み墓山鈴なる蜜柑実り来し祖母ありしまま我を見るらむ

2906 叔父葬(はふ)りし墓辺(はかへ)そ我を連れて来し祖母は今しも見つめ居るらむ

2907 住む里にいますみほとけみ手合はせお供へ新た今日ゆ生き初む

2908 母会ひし日の明くる日よ四(よ)つの代(よ)を生きぬきし祖母安けく逝きぬ

2909 親族(うから)らの供養の後(のち)の安らけき上皇さまの生(あ)れたまひし日

2910 父の伯父の祖母の命日しづやかに三冬(みふゆ)かれゆく庭あたたかし

2911 冬晴れにしづ身罷れる親族(うから)たち留守居の如く縁の小春日

2912 病癒えし母に喰はせむ卵抱へ月照る道ゆ床に帰りぬ

2913 介抱に労(いたつ)き眠りゐし不意に列車のわたる遠音に覚めぬ

2914 ほめ愛(め)でて育むといふ親友にうちはしごきて育つと妻笑む

2915 鐘の音重なりゆける民心(たみこころ)深まりゆける除夜のしづけし

2916 神仏生きとし生けるもの光る今朝の初春日に地球映ゆ

2917 み手合はす直き民たち豊葦原瑞穂の国に初光さす

2918 恵み豊に秋津島住む心根の深き民たち初日浴みゆく

2919 まほらまのみ鳥居の背の三輪山のみ空に初の朝日澄み照る

2920 明け初めて光あらたか観音は和らげむとそあらせたまへる

2921 光清にみほとけたちよおはしますみ心直に民ら初祈ぐ

2922 たらちねの母の命を守らひて霜ふる髪となれる初春

2923 光さす清き刻名生命います文字撫で擦る指瞳ら

2924 生命数多罷りみ魂となりにける今しの如く遺影に名碑に

2925 碑そ撫でつあふるるおもひおもひあらたかなしみましいますらむ

2926 山脈に町家家に生ける民にすまふみ魂に光映えけり

2927 生命民ら活きける町の家家にみ魂面影添ひ目守るらむ

2928 面影よみこころおもひあふれ生きむ親族そみ魂添ひ目守りなむ

2929　生きる人民（ひとたみ）ら物干す小春日にみ魂人（たまひと）らそ添ひ見ますらむ

2930　祖父母たち親たち子たち目守（まも）らへる写真人（うつしひと）たち互（かたみ）にいます

2931　写真人（うつしひと）写真なき人皆しかと生きける思ひ心（うち）にありけり

2932　親ら子ら心に生きて親ら子ら生きゆきまさむ魂ら願へり

2933　命たち生きける地（つち）に新家（にひや）建ちぬみ魂人（たまひと）たち添ひ眺むらむ

2934　今し生きてしづにいまする民たちよみ情（こころ）ふかきおもひすむらむ

2935　かの日命ありて逢ひ会ふ民らいかに深きおもひそ生き来たるらむ

2936　今会へる民ら方方心淵（ふか）く尽きぬおもひし生きいましける

2937　み魂なる親族思（も）ひます親族民らかなしみまして生きゆきまさむ

2938　み霊水眼（たまみづまなこ） 清めつ拝みまさむ薬師仏（やくしほとけ）へ杖と歩ます

2939　生命（いのち）ありて今し真向かふ青天（あをそら）へ甦りけるみ塔うるはし

2940　民人（たみひと）のなほなるあつきこころこころ結（ゆ）ひこもりけるみ塔なるかな

2941 鳴く鳥よ落葉ほの照る裸枝(はだかえ)に頬つつみけむ手袋よ立つ

2942 しづけさよ御僧たち直励むらむ奥へかよへる思(も)ひ鹿の声

2943 古(いにしへ)ゆみ歌のこころかよふ如月にみ梅の花そ咲(ゑ)み初む

2944 月ヶ瀬の清き瀬川そ見はるかす山谷にほふ梅の花雲

2945 春日山み吉野熊野紀の国へ彩色(いろいろ)わたる花の雲かも

2946 草萌えむ野ゆ清光(さやひか)り往く川の岸辺(きしへ)ににほふ桃の花かも

2947 清(さや)に鳴る桃下の水そ色彩(いろ)映えむ野辺ゆまほらへ耀(ひか)り流るる

2948 古(いにしへ)人(ひと)思(も)ひて朝夕渡りける佐保の河瀬に花波そ降る

2949 花傘の佐保川さやに起(た)つ風のわたる花波浪そ舞ひ降る

2950 和光(なごひか)る平城山(ならやま)清(すが)しうぐひすの声澄み通ふ民ら活きける

2951 天つ光さす山谷ゆうぐひすの鳴き交はす声ふる学舎に

2952 光りゆれる瞳ら子らよ初会(うひあ)へる今朝うぐひすの声清(さや)けくも

2953 梅桃桜咲（ゑ）まひ満ちゆく彩色（いろいろ）の雲となりなむあきつしまかな

2954 花雲（はなくも）の満ちわたりゆくあきつ島光る春海波（はるうみなみ）そ結ひける

2955 天（そら）青し吉野峰山真白（ましろ）にそ花の雪波滝そ舞ひ降る

2956 み吉野の山谷里に花わたる奥処（おくか）に花の雲の峰見ゆ

2957 吉野山わたる花雲しづに風知らしつ花のみ雪散り舞ふ

2958 吉野山風に花波峰めぐる花滝浪ゆ花そ流るる

2959 桜花散り舞ひ降れり風冱えて曇れる天空（そら）に月光（つき）そ隠（こも）れる

2960 若草の萌え色彩（いろ）染めむまほら野に清鳴（さやな）り光る水そ流るる

2961 清鳴りの水映え萌ゆる彩色草（いろくさ）の野辺にみほとけ聴き見ますらむ

2962 みほとけたちしづに守らふ春草ら生（お）ふるまほらま耀（かがよ）ひわたる

2963 老（おい）夫婦の夕（ゆふ）べの闇に目凝らしつ土筆採り来し野の匂ふ台

2964 夫（つま）看取り犬失ひし方（かた）は今日もみ花触れ撫で散歩へ発ちぬ

2965 光透く家蔵(いへくら)ゆたに守(も)り活きる民ら貫き初燕(うひえん)着きぬ

2966 鞆の浦さや風光る民ら励む家蔵(やくら)に親子燕鳴き活く

2967 環濠の民家(たみいへ)ら路(みち)往く我の肩へそ翔けし燕よ来たり

2968 風緑(あを)き今朝の鐘鳴る子ら師らに光し透る鶯の声

2969 白頭の師と子ら交はす眼よ声よさ緑わたる鶯そ鳴く

2970 鹿生(あ)れむ春日山野(かすがやまの)ゆ聴こえける声そかなしき生命(いのち)起(た)つ思(も)ゆ

2971 光澄む高円山野(たかまどやまの)緑生(あをお)ふる鹿立ちゆかむみ声とほれる

2972 鹿らすむ寧楽(なら)の山野辺(やまのへ)映えゆかむ川河(かはかは)そそくまほらそ活きむ

2973 農の民ら見渡す代田(しろた)み手合はすみ神杜(かみもり)ありいざ植ゑゆかむ

2974 爺婆(ぢぢばば)ら孫ら連れ立つ苗つかみ仕様(しやう)伝へつ水田(みづた)植ゑゆく

2975 老若ら活き植ゑ初めしほの唄ひやがて和しゆく早乙女(さをとめ)の歌

2976 爺婆たち親たち子たち見交はしつ植ゑ歩みゆくみ歌唄ひつ

2977 国の民らしづ立ち入りし田の土にしかと植ゑゆく田植歌かな

2978 緑(あを)やかさ光に風ににほひたる苗わたりけるすみししづけさ

2979 青き天陽光(そらひかり)わたれる緑波(あをなみ)の苗田うるはしまほらまの里

2980 緑杜(あをもり)ゆ風薫る苗ゆれわたるふりあたらしきあきつしまかな

2981 天月(あまつき)や遠近(をちこち)峰の映えわたる水田湖(みづたうみ)なすあきつしま照る

2982 み陵墳(をかつか)みもりそ緑(あを)きまほらまに古隠(いにしへこも)るゆかしきままに

2983 清滾(さやたぎ)るみ滝の上のさ緑のおくか風澄む水の音かな

2984 朝夕に生命(いのち)たまはる初思(うひも)ひのこの世のにはに水の音(ね)聞こゆ

2985 しづけさに明けゆくまほら闇に聞きし水音新た光に透る

2986 ゆくりなく懐かしき人花笑みの闌(た)けしも百合のうるはしきかな

2987 彩風鈴(いろふうりん)きらりん音色波の鳴る路面電車はゆるり往くなり

2988 路面電車鈴音(すずね)りんりん涼鳴(すずな)らし街町(まちまち)通り海辺(うみへ)へ往かむ

2989 鞆の浦雨往きし霧晴れゆきて虹よ島海耀(かかよ)ひわたる

2990 大き虹広き天空(あまそら)わたる山なみ瀬戸の海耀(ひか)り映ろふ

2991 み山里お海辺村(うみへむら)に民家(たみや)らに色彩(いろ)滴(したた)るや天つ虹映ゆ

2992 み城上(しろへ)ゆ見ゆるみ島らみ舟船(ふね)たち往き交ふ宇和(うわ)のみ海耀(かがよ)ふ

2993 九島上(くしまへ)ゆ眺むる島ら島島ゆ舟船耀(ひか)りわたる海原(うみはら)

2994 伊予の海原(うみ)島島通ふ舟船よ渡る光に日向島(ひうがしま)見ゆ

2995 夕立去(ゆだちゆ)きぬ玉露灯る家(や)の民ら涼みいまするみ仏たちよ

2996 待ちぬらむ親族直(うからなほ)恋ひ思ひけるみ魂方方今しありなむ

2997 遺れる書(ふみ)読みつ驚く往きし代(よ)に生きゐし民ら深かりけるも

2998 征きにける方方の書情(ふみこころ)厚く考へ深き志知る

2999 若人ら生命(いのち)逝きけるわたつみの思ひ考へ熟せるを知る

3000 國守(も)らむと告(の)りて発ちにしそが心家族よ直に守らむみ情(こころ)

3001 恩謝して蛍となりて帰らむと清(さや)に若人往きにけるかも

3002 ほの光り蛍そ往ける安らかに生命(いのち)の明かり息しおもほゆ

3003 面影よ身罷りにける民人(たみひと)よみ魂よ降りて寄り添ふらむか

3004 天地(あまつち)にみ霊魂(たま)民方(たみかた)いますらむ大阪城下空襲観音

3005 焼け煉瓦砕け遺れりかの日人民(ひとたみ)たちいかに生きむとしけむ

3006 かの時まで生きける数多(あまた)民たちよ観音菩薩包みますらむ

3007 今し会へる観音菩薩かの日此処(ここ)に生きゐし方よ数多(あまた)触れなむ

3008 観音は鶴房まとひおはします生きける民ら魂ら添ふらむ

3009 情(こころ)あふれ民ら据ゑける観音よ思ひ見つめておはしましけり

3010 遺されしみ品(しな)よ書(ふみ)よ写真(うつし)かな包みし気息温もりおもほゆ

3011 親族(うから)たち触れしみ情(こころ)み品(しな)たちみ魂たちつと添ひますらむか

3012 こまやかにつくろひ上げしみ品たちみ情生命(いのち)こもれるおもほゆ

3013 こしらへし親族思ひつねもころに使ひなじみしみ品なりけり

3014 生命(いのち)活きし老若の声声聴くや朗読の会情(こころ)あふるる

3015 語り部の方たち直に聴き継がむ民らにみ情深く語れり

3016 語り読むしづかにあつくみ魂人のみ声み情こもれる如く

3017 遺しけり日日生き活きし人方(ひとがた)のみ声み情聴けり思へり

3018 人類の起こしし戦なかりせば生きゐし生命(いのち)生命(いのち)ありけり

3019 悲苦の民ら救ひ給ひし現身(うつしみ)のみ仏おはすしづ目守(まも)らひつ

3020 白雨(ゆふだち)の往(ゆ)きて神峰山潤(うる)ふ霧涌きうつる虹そ映えゆく

3021 石上(いそのかみ)の神おはしますみ社にみ杜の虫の響(とよ)み清(さや)けし

3022 み魂方生きゆかむ方思(も)ひ添はむ灯籠燈るあきつしまかな

3023 閑(しづ)かなりし廃舎のにはに燈る輪にみ手み脚(あし)舞ふ民踊りかな

3024 月浮かすみ手打ち伏せし顔上げて足しなやかに波の輪踊る

3025 神分けの荒魂和魂幸魂そ会ひましませる瑞穂葦原

3026 明けわたる今朝清光り立つ魂の新振りいますまほらま実る

3027 天地にみ神魂たちゆた光りゆれ思ひおはす蜻蛉島かな

3028 いにしへゆやはにゆたけくひめふふむほのにほほゑむみほとけそすむ

3029 老杉の奥処に大師おはすなりたふとき光あたらしきかな

3030 響みこし鎚音やみて棟上げぬ今日の光に新室の映ゆ

3031 親子鹿愛しくいます学舎の庭のしづけさ住み慣れしかな

3032 朝夕に挨拶交はす子らの渡り見守らふ方らみ笑みみ旗よ

3033 挨拶を交はせし方は隠れけり朝顔咲けり主顔なり

3034 老若の挨拶交はす朝夕に和き山やま霧溜めつ臥す

3035 夕日ほのに鹿の笛声哀しきに澄み透りゆく虫の鈴の音

3036 彩まとふ采女のみ舟発ち往かむ池にそふ月天にいよ照る

3037 しづけさに生命（いのち）ら音色清鳴（さやな）らす山野水辺に月光添ふ

3038 仲秋（なかあき）の満月（みちつき）映ゆるまほらまに生命ふるはす声澄み透る

3039 あきつしま天月（あまつき）わたり照るなへに冴え響きゆく生命らの声

3040 悲喜こもる騒がしき世に月の澄む双子パンダの生（あ）れゆた育つ

3041 窓の月にぬひぐるみたちおもちやらよサトウハチローさんのみこころ

3042 今日の陽（ひ）にみ書文（ふみ）そ君ゆ届きたる直（なほ）し情（こころ）そ込りけるかも

3043 魂守（たまも）らふしづ家に着ける結（ゆ）ひ包み君の真情（まこころ）抱き見つめけり

3044 君と吾通ひ深める魂結（たまゆ）ひにみ心情（こころ）遣ひ思ひ供へぬ

3045 供へしにいよしづかなり月澄める虫鈴（すず）鳴れり聴くらむ遺影ら

3046 月清（さや）に天空わたるまほらまに響き冴え澄む虫たちの声

3047 稲穂浪ゆれふし見ゆる三つ山よ和きまほらま秋わたりけり

3048 鳥わたる古都のみ天（そら）へみ塔立つ汽笛響（とよ）みし揺れぬ静けさ

3049 粗大ゴミに置かれし自転車引き連れて月の今宵ゆ友となりなむ

3050 のんびり屋しつかり者の男女の子相思(あひも)ふ仲と今し知りぬる

3051 霜ふれる頭活きゆく身に子らの朗ら親しき頬笑み来たる

3052 柑橘(かんきつ)の香りそ通ふ君と心情(こころ)思(も)ひ遣(や)り合ひつ歩みし道よ

3053 不意の雨に添ひつ宿りしかの日君と想ひ交はしし心情(こころ)憶(おも)ほゆ

3054 み魂人偲はゆしづにやはらかき雨にほうほう鳩の鳴くなり

3055 魂つ人偲ふしづ雨やはらかき声ほうほうと鳩呼ばふなり

3056 懐かしき声よ仕草よ親族(うから)たち看取りし方の語り沁みけり

3057 み心に秘めし思ひそいかならむ聴き語らひつお顔目守(まも)らふ

3058 しづ語りほのほほ笑みて我を見る方にそかけむ言の葉おもふ

3059 遠からぬ日にまた会はむ情(こころ)あふれ往きける方の姿見送る

3060 離(か)れて励む方に送らむ至らぬもこころそ入れて文書き初めむ

3061 よろこびは心遣りせしものことに驚き喜び和みくれしとき

3062 畝傍山(うねびやま)紅黄葉(もみち)にほひつ香具山も耳成山も呼びあふ如く

3063 見わたせば墓碑群白く耀(かがよ)ひつ難波の街は高きビル満つ

3064 民家(みんか)社(やしろ)寺(てら)籠らせて石層(ビル)聳ゆ八雲(やくも)先生想はれし如

3065 芭蕉翁思(も)ひ歩む道銀杏(いちやう)降る小雨に爺婆(ぢいば)親子傘咲(ゑ)む

3066 一人居(ひとりゐ)の家へ帰るさ匂ひ立つ家窓灯(いへまどひ)たちお帰りなさい

3067 上皇上皇后今日おはします民子(たみこ)らと笑み和みます園温(そのあたた)かし

3068 上皇御夫婦照り添ひいます民子らとみ心情(こころ)通ふみ幸遺(ゆきのこ)らむ

3069 上皇御夫婦語らひ笑まひます親ら子ら心情(こころだ)抱き直(なほ)湧き活きむ

3070 上皇御夫婦み情(こころ)ふかく会ひ給ふ民らみ情あつく和みぬ

3071 上皇上皇后明燈(あか)りにいます民たちと輪に包まれし温(ぬく)みますらむ

3072 蜜柑照るみ山よ温(ぬく)き日に歩みし祖母伯母母ら穫り息(やす)みけり

3073 お地蔵よ町路(まちみち)夜更けしづけさに水音活きる豆腐店灯る

3074 暮れて声うつ木音近(きおとこち)響き周(まは)り離(さか)り遠往(とほゆ)く家町夜(いへまちよる)へ

3075 明け初めて社しづけしちはやふる神呼び覚ます音や清けし

3076 神そ初(うひ)に社し冱ゆる音とよめ民ら心よ澄む光射す

3077 ふる杜に和らぐ声よ拍手(かしはで)のましゆくにはに光照りゆく

3078 八百万(やほよろづ)の神神新たおはします豊葦原(とよあしはら)に民ら初祈(うひね)ぐ

3079 春日峰(かすがね)ゆ豊栄登(とよさかのぼ)る日の光射す影向(やうがう)の松に和らぐ

3080 初日光(はつひかり)照りわたりゆく天地(あまつち)よ観世音菩薩見はるかします

3081 初光浴みおはします観音よ和き人の世願ひおはする

3082 初光(はつひか)る岸辺野山に民の路(みち)にみほとけ新たみ花に笑まふ

3083 み手合はせ身(み)心(こころ)直(なほ)に感謝するみ神み仏人し皆好し

3084 御前(みまへ)にし我と向き会ふありがたさ神仏いづれかかまはぬが好し

3085 天皇御家族新た光にあらせますみ情(こころ)民と通はせ給ふ

3086 上皇御夫婦初の光におはします心情(こころ)ゆ民ら和みましけり

3087 世の現実(うつつ)に老い若人ら幼子も心情(こころ)いためぬ初日へ起(た)たむ

3088 よろこびは伯母母叔母の肩揉みて楽になりきと笑みくれし時

3089 加美といふは倭建命(やまとたける)し白鳥(しらとり)の息(やす)まれしには降る鳥の鳴く

3090 しづけさに今朝驚きぬ雪世界子供ら早も雪丸(ゆきまろ)げかな

3091 真白綿(ましろわた)に初(うひ)に踏み立つ子らよ師よあひ純(す)み活きる雪遊びかな

3092 天ゆ雪しづ舞ひそそく頬温(ぬく)き息白き子ら清めゆかむも

3093 降りそそくみ雪清(さや)けし静けさに天つみ空へのぼりゆくかも

3094 雪の前に発ちにし犬よ日日遠く尋ね会ひ見し犬たちおもほゆ

3095 伏しやすめる身のほの温(ぬく)き息触れる生きむとしける命なりけり

3096 み綿雪わたるみ里の丘の田の下にしのばむ萌えむ生命(いのち)ら

3097 暁に冱えし天花（あまはな）降りし野に淡雪光る蕗のたう生（お）ふ

3098 白杖（しろつゑ）の方に添ひ直前（ひたまへ）目守（まも）る犬のまつ毛に沫雪息（あわゆきいこ）ふ

3099 白杖（しろつゑ）の方とみ犬そこころかよひふかめつ歩み添ひゆきまさむ

3100 霜枯れし梅の小枝（さえだ）に産毛生（お）ふる含（ふふ）み珠よ光射し初む

3101 ひさかたの天つ青さへ小枝生ひ光る珠芽そほころび初めむ

3102 まほら光る白息（しろいき）交はすすこやかに挨拶の声子ら頬赤し

3103 ほの笑まふ子らのみ頬に光射す今朝咲き初めし梅の花見ゆ

3104 瑞山（みづやま）ゆ風さや香る梅の花照る学舎（まなびや）の師徒に鐘鳴る

3105 み山より風わたる梅咲きにほふ今朝の光に子らそろひ立つ

3106 梅の花にほふ山谷里に鐘かよひしとほる鶯の声

3107 子ら静（しづ）に読み書き聴ける鶯の声遠近（をちこち）ゆ降れる光に

3108 もぐら子のやうに伏せゐし徒らは広きにはの地上（つちへ）に跳ね駆け活きる

3109 禍(わざはひ)に疾(と)く修学の子ら帰りぬ二日なりしも楽しかりけり

3110 あの時に屈してをれば生(あ)れざりしこの子は此処(ここ)にこの瞳(め)の命

3111 闇の灯(ひ)に産(う)まれし声よ泣き抱かれつ守(も)りし民人(たみひと)和みけむかも

3112 生命(いのち)数多(あまた)身罷(みまか)りにける時の間に生(あ)れける命み魂添ふらむ

3113 生命(いのち)たちみ魂となりぬ生れし珠(たま)の子ら初立(うひた)てり門出春陽(はるひ)に

3114 生きむ皆み手合はしける故郷(ふるさと)にみ魂方方添ひ見守らむ

3115 古(いにしへ)ゆ冷(さ)え闇の炎(ひ)よ見守れる民ら静けき修二会烈しき

3116 ほうほうと鳩鳴く彼岸咲き初めて親族(うから)遺影に小春供へぬ

3117 見つめゐる瞳ゆ露よ零れ流れみ情(こころ)あふれ君そ頬笑む

3118 み情そ含める君の温(あつ)き頬つたふ雫に光ほの映ゆ

3119 天つ光流るる涙温(あたた)かき頬笑む君のみ情おもほゆ

3120 言の葉も無き我に君み顔上げて涙のままにほほゑみにけり

3121 歓びのあふるる円(まと)ゐ徒ら師らよ後は一時(ひととき)おもはぬもよし

3122 歓喜の輪写しに沸ける徒ら師らに程よく離れ目守(まも)る人在り

3123 わき立てるあつき徒ら師ら喜びの輪を離(か)れゐたる君は親しき

3124 懐かしき仕草の君よ安らけき情(こころ)は今も心(うち)にすみけり

3125 久闊にあひ喜びてやがて心情(こころ)通ひ合へりし吾らなりけり

3126 初会ひしよりむつましくなりにけりこまやかなりし君往きにけり

3127 面影よ相語らひてまたといふ笑まひ遺して往きし君かも

3128 しづ語りみ手上げ笑まひ交はしける別れは後の契りと思ひし

3129 君も吾も頭霜ふる身となりて日溜まりしづに添はむと思ひき

3130 黒髪を耳挾みして美相(びさう)なく立ち働ける君は愛しも

3131 黒髪に霜のふるまでこまやかにまめ立ちゆかむ君そ愛しき

3132 黒髪の乱れかまはずかき分けて人し労(ねぎら)ふ君ようるはし

3133 老いに若き直（なほ）に従ひねもころに労（いたつ）く男女皆うるはしき

3134 職終へむ今朝光る道漕ぎて往く初乗れし日の風清（さや）に吹く

3135 含（ふふ）む珠枝冴え光る今朝終（つひ）の勤めへしかと風に漕ぎゆく

3136 生徒一人もう一人生徒来てくれし終（つひ）の別れや幸よ至れり

3137 語らひし子らはふり向き学舎（まなびや）に明（さや）に礼して和（なご）に帰りぬ

3138 赤ポストへ進まむぶらんこあり坐り書目（ふみめ）ひらきつ読み直しけり

3139 春日峰（かすがね）ゆ霞ふす杜野辺（もりのへ）隠（こも）る鹿たち覚むややはらかに鳴く

3140 浅萌えむ和（なご）きみ山ゆ春風にほのかに聴こゆ鹿の笛声（ふえこゑ）

3141 彩鳥（いろとり）の鳴く音（ね）さやけくすむ鹿の声やはらかにとほる古里

3142 み滝水鳴りつ流るる瀬川野に風起（た）ち萌えむ天（あま）の村里

3143 嶺ゆ滝湧きつ流るる川河（かは）へ海へ地（つち）萌え起（た）たむあきつしま映ゆ

3144 あきつしま春風わたる七千の島の命ら生（お）ひ活きゆかむ

3145 萌ゆる生命(いのち)ら雑草といふものはなし昭和天皇みこころ想ほゆ

3146 上皇上皇后初好(うひよ)き日日に和(なご)はしくゆたに憩ひておはせむと願ふ

3147 上皇御夫婦み苑におはす来し方そ思(も)ひしづ笑まひ語りますらし

3148 休足か急足なる母米寿たち萌ゆる春日に起(た)ち活き歩む

3149 お元気によう動いてはると言へば老(おい)は動いてるから元気やと言ふ

3150 さへづりや学舎のぞむ日の光弾く坂道踏み歩みゆく

3151 み仏のほほゑむ道の枝(え)の珠(たま)そほころび初むるまほらま歩む

3152 萌えむ山森みちかよふ風みほほみほとけ仏ほのゑみたまふ

3153 生命(いのち)たち会ひ目守(まも)られし朝日観音夕日観音光ゆれ映ゆ

3154 青垣ゆ湧く水躍る沢つ瀬に走る玉ふる若菜ゆれ萌ゆ

3155 春萌えやみ神み仏あひ和(なご)みみ里守(も)りますみ民ら活きる

3156 苦楽悲喜活きける祖(おや)の民ら思ひ生類我ら賢く歩まむ

3157 光澄む地(つち)に育み我ら直(なほ)に和(やは)らぎ結(ゆ)ひて生きゆかむかも

3158 泉下まで耐ふるべきことまた一つ降りて活きゆく生命愛(いのちかな)しき

3159 春風に子らあひそめし一年(ひととせ)に心情(こころ)かよはむことしあらむか

3160 鳥わたる吾子たち直に励みたる頬らにみ風み蝶舞ひ来ぬ

3161 伯母よりよ重さ艶けしこまやかに湯がき包みし筍着きぬ

3162 さわがしき世の中の道路(みち)わたりゆく亀よみ意(こころ)配りて生きよ

3163 新緑のみもりのにはに師徒ら立つ射む矢のこころ駈けつ着きたり

3164 天山(あまやま)ゆ吹く風光る具(そな)へしづにみ心ひめつうるはしく立つ

3165 さや立ちてしかとつがひて直定(ひたさだ)め放つ弦(つる)の音(ね)かよふ夏空

3166 紫陽花は彩(いろ)色こまやかに露きらら今朝蝸牛ひかり活きゆく

3167 あらさみしコボ家の人ら四つ絵見えぬ植田まさしさん快復想ふ

3168 風さやに雨駈け満ちしまほらまに生命(いのち)ら耀(ひか)る大樹(おほじゅ)立つなり

3169 雨往きて天(あま)ゆ光しふりそそく珠虹(たまにじ)わたるあきつしま映ゆ

3170 オホムラサキ舞ふみ山谷川清(さや)に大原の里朝夕に映ゆ

3171 み山滝すみ流れゆくみ原里あをきとこへにみ仏ゐまふ

3172 み山谷しづ戸家見ゆる清き水冷(さや)にしみゆく大原の里

3173 青き天(そら)そよ風にほふ緑田(あをた)波(なみ)わたる人人(ひとひと)今日活きゆかむ

3174 蟬の声ひた息(いき)つめて放ちけり当たりし矢の羽ゆれつとまりぬ

3175 しづ竚(た)ちてととのへときし矢の走り着き定まりし的(まと)しかと見る

3176 白鷺の竚つ緑田原(あをたはら)わたる陵(をか)光る学舎徒ら師ら活きる

3177 結(ゆ)ひ励む子らの眼に合ふ挨拶の直き心よ心情(こころ)和はし

3178 戦の世経し母使ふ桐箪笥ひき音(ね)しまひ音はなやかに鳴る

3179 鳥翔るみ天(そら)み山ゆ風かよふけふあすかはら秋たちゆかむ

3180 地蔵盆しまひて虫のみ声澄む八雲先生み心情(こころ)おもほゆ

3181 夕立の名残のにはに露光る風の涼しき虫の音の添ふ

3182 夕光(ゆふかげ)にみ珠ら映ゆるまほらまに生命(いのち)ふるはす虫の音透る

3183 白雨(あめ)往きて光そわたる露原に虫の鈴鳴くあきつしまかな

3184 朝夕に虫の音響き交はしゆく涼ししづけし和しまほらま

3185 すずに鳴く虫の音交はしかよふにはに紅紫(あかむらさき)の海棠(かいだう)ふふむ

3186 宵ほのに生命(いのち)らかはす虫の声聴きつ海棠花咲(ゑ)み初めぬ

3187 日も清(さや)に虫の声澄む月のにはに秋海棠のみ花咲まひぬ

3188 天つ風雨晴れわたる遠近(をちこち)の萌ゆる草花色彩(いろいろ)初(そ)めむ

3189 天空(あまそら)ゆ透る光に屋ににはへ弓立(ゆだ)ちし初むる今日のまほらま

3190 大相撲沸く人衆にしかと見る遺影正して目守(まも)る人あり

3191 稲穂原わたる秋風あきつしま生命(いのち)らの声活きゆかむかも

3192 生命(いのち)たち深まりゆかむ芭蕉翁のさみしさゆかし雁の声かな

3193 鹿歩む宮社(みややしろ)みち尋ねられしよき老夫婦つと見送りぬ

3194 人の顔言心情思(かほことこころも)ひ露零(つゆこぼ)す仏に似たる仏なりけり

3195 神仏霊魂(かみほとけたま)たち生命数多(いのちあまた)すまふみ熊野吉野ひかりわたれり

3196 深山谷森(みやまたにもり)みち清(さや)に滝の音浴みて歩ますみ滝想ひつ

3197 みやまみちひとりあゆますおもひおもひわきつむなしくこころすみゆく

3198 生命(いのち)らの息声(いきこゑ)聴きつ大地(おほつち)を踏み歩みゆく緑(あを)き光に

3199 彩色果(いろか)たち生命(いのち)うるほふ耀(かかよ)ひの房ゆた実るみ国うるはし

3200 まほらまは天晴(あまは)れわたる稲穂生ふる実り穫りゆく人人(ひとひと)活きる

3201 ふる里の和きもりへに音さやに水車回れり透るひかりに

3202 峰山ゆ湧きて流るる川河の大地ゆ海へ生命(いのち)ゆらしつ

3203 天へ湧く滝鳴る沢瀬川わたる生命うるほふみ州島海上(しまうみへ)に

3204 あきつしま光る水地(みづつち)恵みおもひ生命生命(いのちいのち)ら活きゆかむかも

3205 佐保竜田畝傍耳成香具山そ紅黄葉(もみ)ち装ふ濡れ光る里

3206 ふる里の臥すみ山たち目守(まも)らひつ恋ひ語らふやうるはしく映ゆ

3207 鐘の音絶つか継ぐかの時間(ときま)あり民らに地(つち)に天空(そら)へ響けり

3208 み玉の緒光りつ鳴りつゆらくなへみ雪ふりそふあかきみほほに

3209 天皇御親家み国の象徴(しるし)おはします和笑(やはゑ)み給ふ光る縁(テラス)に

3210 天皇御親家まします民らあらたまの春に会ひます相よろこびつ

3211 天皇御親家み民らみ幸願ひ給ふ新た春日の光浴みます

3212 上皇上皇后さまおはしましける初春に吾ら民たち和安(なごやす)きかな

3213 上皇上皇后さまお身体(からだ)なほに慈しみありましませと民ら願へり

3214 天皇御親家み笑みみ手振る和はしく民らみ心情(こころ)かよふ春日に

3215 魂つ族(うから)に手合はせ供へ往(ゆ)かむ背に息つき目守(まも)る気配おもほゆ

3216 み頬温(あつ)き白息(しろいき)吐きつ駆け寄りて挨拶くれし子らは愛しも

3217 初春や白頭黒髪列び立つ天雪そそく弓始かな

3218 天(あま)ゆ光ふる里にはに弓立(ゆだ)ちして一人独りそ清(さや)に竚(た)ちたる

3219 清(さや)しづにしかとま弓し正しゆく初心(うひこころ)立つ春のまほらま

3220 祖父母よりつぎつくろひしなれ衣まとひ清立(さやた)ちはる弓の鳴る

3221 天空(あまそら)ゆ光し映ゆる春弓(はるゆみ)や眦(まなじり)決す今放ちけり

3222 気の冱ゆる張り立つ姿うるはしき春風さやに矢勢(やいき)つらぬく

3223 弓返(ゆがへ)へしつ澄みて見つむる瞳たち去りゆく背中歩みうつくし

3224 み雪ふりしみ山しづけし玉水のみ社寺(やしろてら)し月に日に映ゆ

3225 み雪わたに流るる水の清澄(さや)けさに生(あ)れむ命の息し想(おも)ほゆ

3226 かの人のしみ入るやうなやさしさよふかきかなしみより流るるか

3227 のぞみうせしみこころよりやあふれけるゆたけくつつむやさしさぬくし

3228 み心に向き会ひゆかば重ねゆく齢の生命(いのち)豊けくならむ

3229 乗り逢ひて遠き旅路に語り合ひし別れ離（か）れゆく方（かた）見送りぬ

3230 仏さま治療されをりねもころにみ仏やはにやすみたまへり

3231 瑞山（みづやま）ゆ冱え風かよふみ里町街（さとまち）み珠ゆれたつ含（ふふ）み初めしも

3232 あきつしまみ珠含（ふふ）めるみ芽草菜萌えむ民たち起（た）ち活きゆかむ

3233 峰山ゆ滝つ沢鳴る石（いは）の野に玉ふれ萌えむ初菜（うひな）ゆれ見ゆ

3234 珠芽草に雨さやそそくあきつしま生命（いのち）潤ひわたる虹映ゆ

3235 大海波結（ゆ）ひて瑞（みづ）しき土地（つちつち）は色彩（いろ）萌え初めむあきつしま映ゆ

3236 うつくしき地球にわたる生命たちうるはし見せよみ幸求（と）むらむ

3237 色彩（いろ）すめる生命の地球生きる人民（たみ）和わしくあれみ幸添ひなむ

3238 陰（かげ）に陽（ひ）に励む老若民たちの心情（こころ）に春の文（ふみ）や届かむ

3239 まほらまに生（あ）れ住み活きる民たちの挨拶の声わたる川河風（かはかぜ）

3240 縁（ゆかり）ありて会ひ慣れ離（か）れし民子（たみこ）たち初（うひ）の心情（こころ）し歩みゆかむも

3241 上皇さまの深きみ心情（こころ）継ぎまして天皇さまは思（も）ひ発ち給ふ

3242 天皇皇后清（さや）おはします民子たち朗らいまする相喜びつ

3243 天皇皇后笑み会ひ給ふ民たちにみ心情含（ふふ）み相語ります

3244 天皇皇后後（ゆり）も会はむと民たちと和（なご）うるはしく活き給ひけり

3245 皇后さま蚕育みいましまます上皇后さまみ声かけます

3246 み明灯（あか）りに活きる生命（いのち）らなほひたに生（あ）れし生命の声とほるなり

3247 あはれ抱きし心身（こころみ）和（やは）に柔らかに温き赤子そつつみて笑まふ

3248 生命たち寄り添ひ目守（まも）る和やかに安らかに咲（ゑ）む初（うひ）の生命よ

3249 光浴みて花咲み初めしあきつしま生命民たち活きゆかむかも

3250 逢ひ初めてやがて後朝（きぬぎぬ）たたむとも深く身情（みこころ）染みゆかむかも

3251 初会（うひあ）ひて和して離（か）れむも生命（いのち）あらむ後は面影情おもはむ

3252 うるはしき相交（あひまじ）はりそ濃く染みし形見は心（うち）に直（なほ）にすまはむ

3253 咲(ゑ)みつつみ思ひふふめる逢ひ初めゆゆかしきみ顔み心情(こころ)おもほゆ

3254 思(も)ひ咲まひしづ目守(まも)りたる終(つひ)の会(ゑ)にみ心情(こころ)つつめるお顔おもほゆ

3255 思(も)ひふふみ咲みながめゐしみ顔かな言はむとしけるみ心情(こころ)おもほゆ

3256 急(せ)き求め決めぬもよしと言ひ説(と)けば徒らやや気配和(やは)らぐおもほゆ

3257 大神杜(おほかみもり)ゆたけきみ魂民たちと聴き見ますかも生命さやけし

3258 彩色鳥(いろとり)の声澄みわたるみ塚墳(つかをか)ふる花雪に千代(ちよ)満つるかも

3259 み山にほふ彩色(いろ)花雪そふりそそく社寺家民(やしろてらいへたみ)らよそほふ

3260 風光る紫雲英(れんげ)白詰草畑(しろつめくさはた)に幼老(をさなろう) 若和(にやくなご)はしきかな

3261 緑(あを)き茶の畝丘光り合ひゆたに河川(かは)流れゆく汽車ひた活きる

3262 風薫るみ山址(あと)原菜の花そ咲む民子らよみ幸そ願ふ

3263 吾子(あこ)抱(つつ)み咲み見つひたに乳吸はす労(いたつ)きの間の至福なりけり

3264 さ緑の照る森野辺(もりのへ)に幼子ら笑み列び来る声ら湧き立つ

3265 生れし日も敬老の会もおもほえず励みましける天寿の方よ

3266 今日います齢の方よ常の居にほの安らけく会釈しつ過ぐ

3267 児ら老ら会ひ言交わす咲みゆたに唱ひ和しゆく陽光に活きる

添え書き(二)

紀貫之（きのつらゆき）は「やまと歌は、人の心を種として、よろづの言の葉とぞなれりける。世の中にある人、ことわざ繁（しげ）きものなれば、心に思ふことを、見るもの聞くものにつけて言ひいだせるなり。花に鳴くうぐひす、水に住むかはづの声を聞けば、生きとし生けるもの、いづれか歌を詠まざりける。」（『古今和歌集：仮名序』）と述べ、年を重ねて「……昔の子の母、悲しきに堪へずして、（歌）『なかりしもありつつ帰る人の子をありしもなくて来るが悲しさ』と言ひてぞ泣きける。父もこれを聞きて、いかがあらん。かうやうのことも歌も、好むとてあるにもあらざるべし。唐土（もろこし）もここも、思ふことに堪へぬ時のわざとか。」（『土佐日記』）と記した。

大野晋（すすむ）さんは、「歌は嘆きの表現であり、別れを悲しみ、あえない恋人をはるかに思い、死んでいった人を惜しむ。そのとき人々は嘆息し、心を言葉にして外に表わしたい衝動にかられる。そこに、歌が生まれ、文章が書かれる。」（『日本語の年輪』）と書かれた。

藤原公任は「凡そ歌は心深く、姿清げにて、心にをかしきところあるをすぐれたりといふべし。」（『新撰髄脳』）と記し、最上の歌は「詞妙にして余りの心さへあるなり。」（『和歌九品』）と記した。

源俊頼は「やまと御言の歌は、……けふ今に絶ゆることなし。おほやまとの国に生れなむ人は、男にても女にても、貴きも卑しきも、好み習ふべけれども、情ある人はすすみ、情なきものはすすまざる事か。」、「おほかた、歌の良しといふは、心をさきとして、珍しき節をもとめ、詞をかざり詠むべきなり。……気高く遠白き（おもしろき）を、ひとつのこととすべし。」（『俊頼髄脳』）と記し、「われは、人よりはわろう詠む、人よりもあしう知れる、と思ふべきなり。……あやしうとも、好むべきなり。好むものを、歌よみとはいふなり。たとひ、このもしからずとも好み、知らずともかまへ知りて、この道に、むつれ親しくなりて、うとからぬものに、なるべきなり。」（同）と述べた。

藤原俊成は「歌はただよみあげもし、詠じもしたるに、何となく艶にもあはれにも聞ゆる事のあるなるべし。もとより詠歌といひて、声につきて善くも悪しくも聞ゆるものなり。」、「歌は、ただ構へて心姿よく詠まんとこそすべきことに侍れ。」（『古来風躰抄』）、「おほかたは、歌はかならずしもをかしきふしをいひ事の理をいひきらんとせざれども、本自詠歌といひてただよみあげたるにもうちながめたるにもなにとなくえんにも幽玄にもきこゆる事有るなるべし、よき歌になりぬればそのことば姿のほかに景気のそひたるやうなる事の有るにや」（『慈鎮和尚自歌合』）と述べた。

藤原定家は「歌の大事は詞の用捨にて侍るべし。……太み細みもなくなびらかに聞きにくからぬやうによみなすが、極めて重事にて侍るなり。……ただ続けがらにて歌詞の勝劣侍るべし。……心と詞とを兼ねたらむをよき歌と申すべし。心・詞の二つは鳥の左右のつばさの如くなるべきにこそとぞ思う給へ侍りける。ただし、心・詞の二つを共に兼ねたらむはいふに及ばず、心の欠けたらむよりは詞のつたなきにこそ侍らめ。」（『毎月抄』）と書いた。

藤原為兼は「事に向きてはその事になりかへり、そのまことをあらはし、その有様を思ひとめ、それに向きてわが心の働くやうをも心に深くあづけて、心に詞をまかするに、興有りおもしろき事」（『為兼卿和歌抄』）と記した。

阿仏尼は「まづ歌をよまむ人は、事に触れて情を先としてもののあはれを知り、常に心を澄まして、花の散り木の葉の落つるをも、露時雨色変る折節をも、目にもとどめて、歌の風情を立居につけて心にかくべきにてぞ候らむ」（『夜の鶴』）と記した。

吉田兼好は「いまだ堅固かたほなるより、上手の中にまじりて、そしり笑はるるにも恥ぢず、つれなく過ぎて嗜む人、天性その骨なけれども、道になづまず、みだりにせずして、年を送れば、堪能の、嗜まざるよりは、終に上手の位にいたり、徳たけ、人にゆるされて、双なき名をうる事なり。天下の物の上手といへども、始は不堪の聞こえもあり、むげの瑕瑾もありき。されども、その人、道の掟正しく、これを重くして放埒せざれば、世の博士にて、万人の師となる事、諸道、変るべからず。」（『徒然草』一五〇段）と書いている。

二条良基は「連歌は心より起こりて、自ら学ぶべし。……常に好みもてあそびて、上手に交じるべし。」（『連理秘抄』）、「よろづの道のことも、難をよく人に言はれてこそ上がることなれ。……かまへてかまへてよき先達に会ひて、よくよく練習すべきことにてはべるとぞ、いにしへの名匠たちは申されしか。」（『筑波問答』）と書いた。

正徹は「上たる道を学んで、中たる道を得ると申しはべれ、及ばぬまでも、無上のところに目を掛けてこそ、かなはずは、中たる道をも得べけれと存ずるなり。……いかにもその風骨、心づかひを学ぶべきなり。」（『正徹物語』）と述べた。

契沖(けいちゅう)は「歌は胸中の俗塵を払ふ玉箒(たまばはき)なり」(『万葉代匠記』)と記した。

荷田在満(かだのありまろ)は「歌は貴(たふと)ぶべき物にあらず。ただその風姿幽艶にして意味深長に、連続機巧にして風景見るがごとくなる歌を見ては、我も及ばん事を欲し、一首も心にかなふばかりよみ出(い)でぬれば、楽しからざるにあらず。……ただ歌のみわが国自然の音(おん)を用ゐて、いささかも漢語をまじへず。冠辞(くわんじ)、或いは心を転じて言を続くる句などに至りては、西土(せいど)の言語の及ばざる所あり。そのわが国の純粋なるを悦ぶのみなり。」(『国歌八論』)と述べた。

賀茂真淵は「しか心を起して、いにしへの八咫鏡(ヤアタかがみ)にあさなさな向ひ陰(かげ)高き千(ち)もとの花にひとしくまじりつつ、その方(かた)その色に似てしがもと請(こ)ひつつ歌をも文(ふみ)をもとりなして見よ。もとの身の、昔人に同じき人にし有るからは、しか習ふほどに、心は研(と)ぎ出(い)でたる鏡なし詞(ことば)は藪原(やぶはら)を過ぎて隈(くま)なき山の花とこそなりなめ。」(『歌意考』)と述べた。

本居宣長は「歌といふものは、人の心におのがさまざまうれしくも悲しくも深く思ふことを、ありのままに詠(なが)め出でたるものにしあれば、それを見聞く時は、わが身の上につゆ知らぬことも、心にしみてはるかにおしはかられつつ、かやうの人のかかることに触れてはかやうに思ふものぞ、かくすれば喜ぶものぞ、かくすれば恨むるものぞといふことの、いとこまやかにわきまへ知られて、天の下の人の情(こころ)は、真澄の鏡にうつしたらんよりもくまなく明らかに見ゆるゆゑに、おのづからあはれと思ひやらるる心の出で来て、世の人のため悪しかるわざはすまじきものに思ひならるる、これもののあはれを知らする功徳なり。」（『石上私淑言』）と書き記している。

香川景樹（かげき）は「歌はうたひ上ぐる即ちに感ずるものなり。……今の世の歌は今の世の辞（ことば）にして今の世の調にあるべし。」（『新学異見』）、「まづ平語の如く、そのすぢ、人の耳に聞えたる上にてこそ趣も風情ももてつくべきことに侍れ」、「歌は思ふままをばのぶるものに侍れど、ありのままをいふものにはあらず。……歌はことわるものにあらず、調ぶるものなり……調と申すは音調のことにて、さるはうるはしくうづ高くあることにて……一首の上も精心を入れてうるはしく調べたつることに候。……よこしまなき性情の声にて、真の調なり。」、「調は則ち姿なり。姿はうるはしく上品なる、歌の歌たる本体に候。」、「歌はとかく気高くなくてはかなはず。さりとて言ふべきを控へて言はぬにはあらず。思ふままを上品に言ふなり。」（『随聞師説』）と述べた。

正岡子規は、「愚考はいうた通りに言わんとするにてもなく、しきたりに倣（なら）わんとするにてもなくただ自己が美と感じたる趣味をなるべくよくわかるように現わすが本来の主意に御座候。ゆえに俗語を用いたる方その美感を現わすに適せりと思わば雅語を捨て俗語を用い申すべく、また古来のしきたりの通りに詠むこともこれあり候えどそれはしきたりなるがゆえにそれを守りたるにてはこれなくその方が美を現わすに適せるがためにこれを用いたるまでに候。古人のしきたりなど申せどもその古人は自分が新たに用いたるぞ多く候べき。」(『歌よみに与うる書』)と言った。

斎藤茂吉は、「短歌は、ほかの芸術の間に介在して独立した位置を保つことができる。やはり短歌の妙味には、短歌でなければならぬところがある。短歌の大道は、実際を詠ずるにある。詞をかえて言えば、実相に観入して成るものである。」、「短歌鑑賞の道は時あって博大でなければならぬ。特に短歌の発育・変遷の史蹤(ししょう)を論ずるものは、時あって強(し)いてこの博大の見を持せなければならぬ。……しかるに短歌制作の覚悟はそれとは違う。その覚悟はあくまで自己の覚悟に執せねばならぬ。ここにおいてその道はごくごく狭いところに突き詰めて行ってしまうのである。真の作家は常にこの狭き道を歩兵のごとくに歩む。そして、はるかに自在円融の大道を希って、目前にこの苦艱(くかん)の道を歩むことを厭(いと)わないのである。僕もねがわくは安易懈怠(けたい)の念を捨て、徒歩兵のごとくにこの狭き道を歩まんことをちかう。」、「実相に観入しておのずから歌いあぐるのがすなわち歌である。これを『写生』という。『写生』とは実相実相と行くことである。そしてその生(せい)を写すことである。生はイノチの義である。」、「僕は観入の実行を突き詰めて行けば、おのずから『感動』は一首の短歌中に流露するという説である。」（『短歌道一家言』）と述べた。

島崎藤村は「つひに、新しき詩歌の時は来たりぬ。そはうつくしき曙（あけぼの）のごとくなりき。あるものは古の預言者のごとく叫び、あるものは西の詩人のごとくに呼ばはり、いづれも明光と新声と空想とに酔へるがごとくなりき。うらわかき想像は長き眠りよりさめて、民俗のことばを飾れり。伝説はふたたびよみがへりぬ。自然はふたたび新しき色を帯びぬ。明光はまのあたりなる生と死とを照らせり、過去の壮大と衰頽（すいたい）とを照らせり。……詩歌は静かなるところにて想ひ起こしたる感動なりとかや。げに、わが歌ぞおぞき苦闘の告白なる。なげきと、わづらひとは、わが歌に残りぬ。思へば、言ふぞよき。ためらはずして言ふぞよき。いささかなる活動に励まされてわれも身と心とを救ひしなり。……生命は力なり。力は声なり。声はことばなり。新しきことばはすなはち新しき生涯なり。われもこの新しきに入らんことを願ひて、多くの寂しく暗き月日を過ごしぬ。……ああ詩歌はわれにとりてみづから責むるの鞭（むち）にてありき。わが若き胸はあふれて、花も香もなき根無し草四つの巻とはなれり。われは今、青春の記念として、かかるおもひでの歌ぐさかきあつめ、友とする人々のまへにささげんとはするなり。」（『藤村詩集』序文〈新しき詩歌の時〉）と述べている。

歌は数多の先人たちが心・情と言葉・詞を生命とし、姿・様と調べ・響きを大切にして懇ろに練り上げ育んできたものである。人人の営みや活動の歴史の中で織り物のように連綿と受け継がれてきた文芸である。人人の生活の真実、息づかい、心遣り、喜怒哀楽、情意精神、生き方生き様がこもっている。満足できるものはなかなか出来ないが学ぶことはできる、磨いていくことはできる。

柿本人麻呂の「あしひきの山河の瀬の響るなへに弓月が岳に雲立ち渡る」（『万葉集』）の音調と広がり、穂積皇子の「降る雪はあなにな降りそ吉隠の猪養の岡の寒からまくに」（同）、阿倍女郎の「我が背子が着せる衣の針目おちず入りにけらしも我が情さへ」（同）、山上憶良が親友の大伴旅人の心身になった「妹が見しあふちの花は散りぬべし我が泣く涙いまだ干なくに」（同）、紀小鹿女郎の「ひさかたの月夜を清みうめの花心開けて我が念へる君」（同）、大伴家持の「さ百合花ゆりも逢はむと思へこそ今のまさかもうるはしみすれ」（同）の情愛情感、源俊恵の言葉「五尺のあやめ草に水を沃かけたるやうに歌は詠むべし。」（『後鳥羽院御口伝』）の心持ちあり様、藤原定家の述べた「詞は古きを慕ひ、心は新しきを求め、及ばぬ高き姿をねが」（『近代秀歌』）うという心得あり方、心敬の記した「枯れ野のすすき、有明の月。」（『ささめごと』）の風趣余情、良寛の「山かげの岩間を伝ふ苔水のかすかに我はすみわたるかも」（『良寛全集』・歌集）の清澄さ自由さ、橘曙覧の「たのしみは妻子むつまじくうちつどひ頭ならべて物をくふ時」等『独楽吟』の歌歌の温かみ幸福感、長塚節の「此ごろは浅蜊浅蜊と呼ぶ声もすずしく朝の嗽ひせりけり」（『アララギ』）の清清しさ生命感、山下すてさんの「すこしずつ耳遠くなることよろし春待つこころの指先しごと」（『朝日歌壇』〈『往復書簡「豊かな老い」へあなたはどう生きますか』朝日新聞学芸部編あとがき〉）の前向きさ豊かさは、いつも新鮮な涌泉のように心身を潤してくれる。『独楽吟』には「たのしみは百日ひねれど成らぬ歌のふとおもしろく出きぬる（出できたる）時」、「たのしみは人も訪ひこず事もなく心をいれて書を見る時」の歌がある。うるわしくこまやかに深く心に響く詩歌と書物に出会い向き合うこと、思い考え味わうこと、喜び楽しんで書くことが至福であると再感する。

すべては授かりものであり恩恵である。感謝するしかない。

出版のためPHPエディターズ・グループの池谷秀一郎さんと関わってくださった方方にお世話になった。ありがとうございました。

貴重な長い時間とたくさんの労力を使ってお読みくださった方、真にありがとうございました。

令和五年　初冬

〈著者紹介〉
千葉恒義（ちば　つねよし）
昭和三十七（一九六二）年、和歌山県生まれ。奈良県在住。学校勤務。

装幀　本澤博子
装画　kf4851/iStock.com

歌集　あきつしま

令和六年一月一日　第一版第一刷発行

著　者　千葉恒義
発　行　株式会社ＰＨＰエディターズ・グループ
〒一三五‐〇〇六一　東京都江東区豊洲五‐六‐五二
電話〇三‐六二〇四‐二九三一
https://www.peg.co.jp/
印　刷
製　本　シナノ印刷株式会社

© Tsuneyoshi Chiba 2024 Printed in Japan
ISBN978-4-909417-57-2
※本書の無断複製（コピー・スキャン・デジタル化等）は著作権法で認められた場合を除き、禁じられています。また、本書を代行業者等に依頼してスキャンやデジタル化することは、いかなる場合でも認められておりません。
※落丁・乱丁本の場合は、お取り替えいたします。